陕西出版资金资助项目

胡杰 ◎ 著

九月的地平线

陕西新华出版传媒集团
陕西人民出版社

图书在版编目（CIP）数据

九月的地平线/胡杰著.—西安：陕西人民出版社，2017

ISBN 978－7－224－12395－1

Ⅰ.①九… Ⅱ.①胡… Ⅲ.①散文集—中国—当代 Ⅳ.①I267

中国版本图书馆 CIP 数据核字（2017）第 203162 号

九月的地平线

作　　者	胡　杰
出版发行	陕西新华出版传媒集团　陕西人民出版社
	（西安北大街 147 号　邮编：710003）
印　　刷	陕西天丰印务有限公司
开　　本	787mm×1092mm　16 开　16.75 印张
字　　数	200 千字
版　　次	2017 年 10 月第 1 版　2017 年 10 月第 1 次印刷
书　　号	ISBN 978－7－224－12395－1
定　　价	50.00 元

自序

风雨长安二十年

长安自古帝王都,在这座霸气十足的城市,文人墨客如过江之鲫,三教九流数不胜数,无名如我者,无论为文与为人,唯有诚惶诚恐。

少时好文,犹如初练车者,全凭热情与胆量。自20世纪90年代中期在西北大学求学发表第一篇习作,迄今已逾20年了。这期间,我毕业、工作,从一个校园到另一个校园,在忙碌中只有苟且的生活而无诗和远方。当然更多还是惰性使然,我曾想在而立之年作个《三十岁说》,未竟。转眼不惑之年又呼啸而至,四十已过矣,《四十岁说》也成空谈。"未觉池塘春草梦,阶前梧叶已秋声。"30、40岁时还有话说,还想说话,但没时间说;临近知天命之年,还有什么好说的呢?远方已不远矣。

人生最尴尬之处莫过于中年的一声意味深长的叹息。这声叹息凝练成"难"和"熬"两个最常见的字。有朋友是这样解释的,人到中年,上有老下有小,家里家外乱如麻,你说难不难?还有似水年华再也难以追回,"冯唐易老,李广难封"你说难不难?同时,这个年龄你得做好"熬"的准备,在单位与对手熬,在个人与身体熬,与岁月熬。

在我眼里,尽管20年前发表的那些东西是不能称为"作品"的,仅是文字而已,丑是丑了点,但毕竟是自己的"孩子",它至少还能让我看到自己已经模糊了的青春的影子,以及曾经的生活。况且这个"丑小鸭"还受到了我编发第一篇稿件的唐淑琴老师,鼓励我特立独行的《陕西农民报》原总编、知名作家肖云老师及冯有源教授、赵万峰老师等众多师友的呵护和关心,同时也让停滞不前的我倍感惭愧和汗颜。

少时有客自远方来,母亲必倾其所能为客人做一顿拿手饭。母亲说这与家境和厨艺无关,忠厚与真诚才是待客之道。今天如果有人碰巧读到这本书,不管"味道"如何,请不必在乎我的手艺,我已倾其所能了。

权当致青春。是为记。

Contents 目录

九月的地平线　/　001

惭　愧　/　003

闯世界　/　006

"BP"机响起来的时候　/　009

古城学子辩倒了"古城墙"　/　011

何阳在西北大学　/　014

我当演员　/　017

"校园文学"如何走出迷惘　/　019

七月的天空　/　021

毕业留念　/　023

机会,擦肩而过　/　026

与父亲干杯　/　029

校园文学无处停留　/　031

读　书　/　034

补　课　/　037

难忘的考试　/　040

选择爱情　/　043

CONTENTS 目录

雨打芭蕉夜读书 / 046

思　念 / 048

夏日二题 / 049

花开花谢 / 051

故乡的兰花 / 052

情在无声处 / 054

人生随想 / 055

热闹的寂寞 / 058

浪漫是一种负担 / 060

凡人的旅游 / 062

冷冻"世纪热" / 064

"变异"的激情 / 066

城市与乡村 / 068

活出风度 / 071

想起屈原 / 073

守住精神家园 / 075

黑色幽默 / 078

CONTENTS 目录

男人：家里的一座山 / 080
关于爱情 / 082
品　茶 / 084
读书·喝酒·抽烟 / 086
逛　街 / 088
硬　币 / 090
感受圣诞节 / 092
西安典当扫描 / 094
一份珍藏的记忆
　　——冯有源与《平凹的佛手》 / 097
《平凹的艺术》的艺术 / 100
城市边缘的足迹
　　——评《关中乡梦》《西安往事》 / 102
活着的人和人活着
　　——读余华的《活着》 / 104
"己所不欲，勿施于人"
　　——答《散文的贫困》 / 108

CONTENTS 目 录

挺直腰做人
　　——看《中国可以说不》 / 110

生活因梦更精彩 / 113

球迷、球迷 / 117

寻找音乐门 / 119

信　任 / 122

桥 / 124

麻书记 / 126

两位理发师 / 128

人　病 / 131

小村酒店 / 133

铁匠铺子 / 136

黄　毛 / 140

怀念麻雀 / 143

乡　梦 / 146

心中有片永不灭的森林 / 148

他乡是我家 / 151

江南春早 / 153

CONTENTS 目 录

黄盖湖 / 155

夜走山路 / 158

难忘安康 / 161

游紫阳 / 164

小木屋 / 166

无名小店 / 169

初　夏 / 172

秋　雨 / 174

租　房 / 177

边缘地的书店 / 180

都市听歌 / 182

怡情自然 / 184

竹里馆 / 186

童年钓趣 / 188

卖冰棍 / 191

乡村放牛 / 193

游　泳 / 196

第一次穿西服 / 200

过　年 / 202

CONTENTS 目录

母亲进城 / 204

"炒"出来的爱情 / 207

卖开水的小女孩 / 210

流浪的朋友 / 213

奏响生命的乐章 / 215

今日"梁老大"
　　——记著名戏曲表演艺术家吴德先生 / 218

延艺云：好书受益悄无声 / 221

读万卷书　行万里路
　　——记刘昌明院士 / 223

马芳霞：与青年一起追梦 / 225

父亲的嗜好 / 227

二　弟 / 231

奶奶与母亲 / 233

冯教授 / 241

狂士刘炜评 / 245

念　想 / 249

后　记 / 254

九月的地平线

　　九月,丰收的季节。大地的每个毛孔都透着喜悦的神情。听,青草上晶莹的露珠正在高兴交谈;看,山岚正在心满意足地打着呵欠,薄雾似青纱,袅袅升起。太阳恰到好处出现在上空,温暖而庄严,慈祥地看着万物,看着他的子民。

　　我,一个农家少年。春天,我与父亲赤脚在乍暖还寒的泥里播种;夏天,我与兄弟姐妹在炎炎烈日下收割;秋天,我行走在金色的课堂;冬天,我在白雪皑皑的田野寻找春天的希望。稚嫩的肩膀挑着金黄的稻谷走在崎岖的山路,挑着鸡蛋走在小镇的古街,挑着求学的行李走在铺满柏油的马路,挑着父母的希望走在人生的大道。

　　我,曾叹息:人生的四季怎么如此漫长,我看不到尽头。我,曾叹息:为什么人生的风雨总是将我打湿?我的雨衣在哪里?"没有比脚更长的路,没有比人更高的山",山那边是什么?我要越过人生的高峰,我要用脚丈量大地的长度。我翻山越岭,我走村串巷,我游弋在生活的海洋。

　　无数次,远方列车的轰鸣声打破了深夜乡村的宁静,打破了我沉沉的睡梦,山的那边是什么?列车是什么模样?今天我怀揣那张令无数同龄人羡慕、改变人生命运的通知书,怀揣白发奶奶与爷爷的牵挂,怀揣父母扬眉吐气的喜悦,告别大山,告别熟悉的小路,第一次坐上绿皮火车,沿着车轨的深处向古城西安、向更深处前进。

家书里的"边家村",让父亲倍感不安,一心盼儿跳出农门的父亲无法想象和接受一个在"村里"的大学。父亲又何尝知道,城市是一个村落,世界也是一个更大的村庄——地球村,我们的人生理想只不过是从一个村子走向另一个村子,走向更远的村子。

后来,在九月的校园,我每年都迎来一批新生的笑脸,他们与曾经的我一样来追逐遥远的地平线;在九月的校园,我每年都送走一批成熟的笑脸,他们与曾经的我一样,以坚定的步伐走向遥远的地平线,走向更加遥远的"村子"。

后来,在一个也是充满希望的九月,两岁半的儿子背着小小的新书包,高兴而蹒跚地奔向幼儿园的大门,四年后迈进小学的校门,六年后又走进中学的校园……每个九月,对他,对我,对每个家庭都是期望,都是喜悦,都有特殊意义。

既然选择了远方,就把背影留给地平线吧,留给九月的地平线!

惭　愧

80年代初期,我在鄂南乡下读小学。那地方离镇18公里,离县80多公里,虽然交通落后,但消息并不闭塞。那时全国各地正掀起一股学雷锋的高潮,这个山村小学自然也不例外,仿佛一夜间,校园的树干、墙上贴满了各种向雷锋同志学习的红绿标语。

我印象最深刻的是,那时的教室还是土墙。墙里面贴有大大的长幅,"对待同志要像春天般的温暖,对待敌人要像秋风扫落叶","不怕苦,不怕累,甘做革命的螺丝钉"……后来才知道那是雷锋日记中的经典句子。最常见的莫过于雷锋的肖像,头戴军帽,还有毛主席手书"向雷锋同志学习"的字样,当时每个班级的黑板上方都贴着这样的像。

有天,学校在尘土飞扬的操场开完学雷锋的誓师大会,便给每个班发了个"好人好事"登记本,并以此作为评定"三好学生"的标准。我们的班主任很年轻,方脸,浓眉,大眼,掉了颗门牙,又特别爱笑,一笑就露出牙齿的洞。他把我叫到跟前,用那不关风的嘴,像患了破伤风似的音调说:"嗯(你)希(是)班长,翘(要)点(带)好球(头),负测(责)登记。"我顿时受宠若惊,像接受一项重大的政治任务一样庄重地点了点头。

翻开"好人好事"登记本，上面的记载几乎千篇一律：某年某月某日，王铁蛋修课桌；某年某月某日，李三柱修窗户……毕竟僧多粥少，30多双眼睛在教室里明察秋毫，200多双眼睛在小小的校园里到处巡视。那时做好事是件很光荣的事，为了赶超别人，大家都憋足了气，有时风刮来一片纸，竟有好几个人如离弦的箭一样飞奔而去。当你放学时发现窗户的薄膜上有个烟头大的洞，准备第二天清晨来修补，却不知什么时候已愈合。上课时，我们恨不得把耳朵都竖起来，听谁的凳子有吱呀声，这意味着有需修理的兆头；下课铃一响就有人极灵敏地抢着擦黑板，这也是好事。

越是这样，我的包袱越重，害怕落在别人后面。走在路上我就想：要是遇到颗钉子，或是盲人，或是有救命声该多好呀！

正当我苦恼时，没想到好事却从天而降了。那天数学老师没来上课，我们在教室做作业，班主任把我叫到外面，眼睛笑得眯成了一条缝："你带两个同学帮我去锄茅草岭的地吧，反正是上自习，我和你爸关系又不错，不要对别人乱讲。"从此以后，我就成了班主任的心腹，经常在上自习课时去帮他挖地、割麦、种菜。尽管小手磨起了血泡，心里还是热乎乎的，有几次母亲问我的手怎么了，我说是爬树时磨破的。我在家里连鞋都懒得洗，放学后却干劲十足和好朋友二虎抬着高高的粪桶朝老师的菜地走去，我们年龄小、个子矮，往往只能抬半桶，桶一摇一晃，有时粪就溅在我们的衣服上。干完后还要把厕所打扫一遍，再弄些黄土把脏了的池沿填上。

因我家离学校近，这些事做起来很方便。就这样，在班主任的支持下，我的"好人好事"数量大增，一学期下来竟有180多件。期末,全校评"五讲四美"标兵,经推荐和统计,我赢得了唯一的一个名额。在颁奖大会上,我第一次走上讲台,面对全校师生,声音有些颤抖地做先进事迹报告。当然,讲话稿是班主任给我写好的,大意是:我虽然荣获标兵称号,但还有许多地方做得不够,感到很惭愧。其中"惭愧"两个字我不认识,急中生智,念成了"渐鬼",引来一阵大笑。我头一晕,顿时面红耳赤……

多年过去了,我从幼稚走向成熟,从浮躁趋向平静,这件事的细节已记得不甚清楚,但"惭愧"二字却历历在目。

(《西安建设报》2002 年 1 月 15 日)

闯世界

第一次认识娟是在中学的迎新大会上,她齐耳的短发,大而明澈的眼睛,圆而白皙的脸,漂亮而俏皮的小嘴,显得落落大方。她声音柔润而流畅,语言生动如行云流水一般,发言刚结束就引起了暴风雨般的掌声。后来,她悠扬婉转的歌声就经常飘荡在校园上空,伴随着她灵动的身影,成为校园里的一道风景。

娟就是这样,在老师和同学们的赞誉与羡慕中度过了两年流光溢彩的生活。

高三,当同学开始向"独木桥"冲刺的时候,娟却遇上了平生第一次做不了的题:外班一个男孩向她表示好感。先是递关怀备至的小条子,再是情意绵绵的长情书。男孩子清瘦秀气,古文功底深厚,仿佛是从民国穿越而来一般。花季的女孩,怎能抵御得了如此甜言蜜语的攻势,一失足陷入"爱河"。从此,花前月下,风花雪月,缠绵在两人的温馨世界。父母没想到!老师也没想到!为了"治病救人",给了一个留校察看的处分。

没想到,一星期后,娟留下一封信,说她没脸再见老师和同学,并悄然去了广州。后来,我考上了大学,离开了家乡,就再也没有听到过娟的消息了。

"你知道娟现在在干什么吗?"有次回故乡,一位老同学忽然问我。

"不知道啊?"我说。

"人家现在可是咱们县的大老板了,在县开发区买了几十亩地,投资上千万,建了个大规模的玩具厂。"我几乎不敢相信自己的耳朵,急急讨了地址直奔娟的工厂。

工厂建在郊外,清一色的蓝瓦白墙,素雅干净。整齐的草坪在阳光下熠熠生辉。澡堂、食堂、宿舍、厂房、办公楼、职工活动室一应俱全。工厂内外,整洁有序,忙碌却井然有序。

挂着总经理牌子的门虚掩着,轻轻敲门,一个清脆的声音响起,仍然如当年般的悦耳,推门进去,一个穿着工作服的年轻女人笑着问道:"您找我?"我笑着说:"怎么?当了老板就忘了老同学?"她端详了一阵,才一拍脑门:"呀!是你呀!看我这记性!大学生荣归故里了。"依然是齐耳的短发,明澈的眼神和清纯的模样,俏丽的身影飘忽而至,亲热的气息扑面而来,仿佛时空仅仅是一闪而过,不曾错过10年。

拉起娟的手,才感受到那是一双劳作的手,低头一看,居然又红又粗,布满了劳作的茧子。我心里五味杂陈,说:"这些年,你一定吃了不少苦吧?"

娟慢慢坐下来,笑了笑,又摇了摇头。她幽幽地说:"去广州时,身上仅带了200块钱。一路花费,下了车就只剩下50元了。天天住在火车站找工作,开始时每天还能吃两袋方便面,到后来就几乎断粮了,还得时时提防坏人。一天,我实在撑不住了,走着走着,眼前发黑,腿一软,晕倒在一家工厂门前。工厂老板是位60多岁的和蔼老人。他救了我,并给了我300块钱。他说:'姑娘,回家去吧,这儿可不是你待的地方。'我强忍着眼泪,谢过老人,离开了。我用这些钱贩些香烟、零食在附近工厂兜售。我每天存10块钱,留一包零食,送到老人的工厂。30天后,当我还完老人的钱并向他道谢时,老人热情地邀请我到他的工厂去工作。他说:'你是个坚强的孩子,你会有出息的.'原来,老人年轻时也是从北方飘零到此的,他也曾身无分文,沿街乞讨。后来也是经好心人资助才靠贩卖香烟、零食,小本经营才成家立业的。相同的经历,不服输的个性是如此相似,老人仿佛又看到了年轻时的自己。"娟掠了掠头发,停顿了片刻:"工厂是个小玩具厂,生产的都是档次偏低的塑料玩具,既不环保,利润也低。好不容易有几个国外订单却无专业的人员翻译。我边工作,边啃英语,亏得有高中时的底子,才慢慢弄懂了对外贸易。拿下几个订单后,我建议老板加快技术改造,进行产业创新,开展多种经营,扩大生产品种,实行多元化经营。这样,我们不但拿下了近处的日本、韩国订单,而且打开了欧美市场。后来,工厂规模扩大了,我就想回来发展。没想到老板非常支持,出资建厂,让我独立经营,他只要10%的利润分红。"

她给我添上水,叹了口气:"林子大了,什么样的鸟都有啊!那时候,我走投无路,有人就劝我:'广州这地方不管你的钱是怎么来的,你这么好的自身资本可别浪费了。'再后来,也碰到了很多男人,劝我不用太辛苦,只要我愿意,就可以到香港那边过衣食无忧的日子。可我明白,那是什么样的日子,那不是我想要的日子……"

看着她的美丽的笑脸,看着她的依然澄澈的眼睛,我一时不知道该怎么说。她见我呆呆不语,就打趣:"想什么呢?"我悠然问了一句:"你那中学时的知己呢?"娟的脸蓦地红了,久久才吐出了一句:"少不更事,年少轻狂,白白耽误了大好年华,失去了上大学的机会,碎了做外交官的美梦……"

后来,家乡传来消息,说娟做了厦门新娘,在北京又开了新公司,专做外贸,还拿到了某美国著名玩具品牌的总代理。

(《西安晚报》1997年12月8日)

"BP"机响起来的时候

当"大哥大"大摇大摆地迈进校园,当昔日的朋友走到我身边,有意无意地掀起衣裳,露出挎在腰上的 BP 机,神采飞扬地说"有事 call 我"时,我这个一贫如洗的家伙就生出一种莫大的悲哀,感到自己已落伍于时代,旋即又在那富有刺激性的"嘀、嘀"声中生出一股妒忌。

"大哥大"我当然不敢奢望,"摩托罗拉"BP 机也不曾想,只求有个价格低廉的数字机就行,反正别人也不知底细。

为了先培养形象,我花 10 元钱在地摊上买了一只形如 BP 机的多功能报时器挎在腰间,并且把闹时针调在早晨 5 点和上午 11 点,这一切都是在秘密中进行的。第二天清晨,一阵清脆的"嘀嘀"声果然如约而至,宿舍顿时一阵骚乱,哈欠声、骂声搅成一片。有人说:"call、call,这个时候,真是他娘的催命鬼!"有人拉亮了灯,大伙凑到灯下用惺忪的眼看各自的 BP 机,不禁面面相觑,"没人 call 嘛!"很快,他们就找到了声音的发源地。因为平时就我没 BP 机,老大几乎是"咬牙切齿":"老二这盘狗肉还上了席,竟也凑热闹来,是不是女朋友 call 你了,这般急的?"我顺水推舟,支支吾吾地滚下床,草草一洗,就跑到操场锻炼去了,心里涌起莫名其妙的兴奋。

上午最后两节课是教授给我们讲解《楚辞研究》,大家被他那神情激昂的"屈原"精神所感召,有的"唰唰"奋笔疾书,有的托腮沉思,还有的发出深沉的微笑……真是课堂少有的现象。偏偏在这节骨眼上,我腰上那个"不争气"的东西鬼似的"嘀嘀"叫了起来。也许是教室寂静,也许是新买的电源充足,总之这声音尖而长,效果就像一个人在黑漆漆的旷野听到猫头鹰叫一样恐惧而难受。这一瞬间,我亲眼见到身旁和前面的女孩同时激灵灵地一抖,差点从座位上跳了起来。古典心情被破坏了,有序的课堂也被割得七零八落,所有的目光都像针一样扎在我身上,老教授的脸一阵红、一阵白,摇着那颗白发苍苍的脑袋叹息:"我们对不起屈原呀……"

从此,我把那报时器束之高阁,也彻底打消了挎 BP 机的念头。

(《当代青年》1997 年 5 月)

古城学子辩倒了"古城墙"

辩论,对大学生来说已是屡见不鲜的事。虽然如此,西北大学文学院举行的"西安城墙应当保留与否"的辩论还是一石击起千层浪,至今令人津津乐道。

长安自古帝王都。这座关中平原上的历史名城,浓缩了人类在这片土地上几千年的风风雨雨,凝聚着华夏民族在世界之林中出类拔萃的智慧。连外国友人也说,到中国不能不去西安,去西安不能不上城墙。它是我们的骄傲和自豪,对它的保护是我们义不容辞的责任。可今天它却在学子们的心中和口中"倒下"了,是冒天下之大不韪还是本该如此呢?

尽管一开始正方就情绪激昂,慷慨陈述古城墙的丰功伟绩和辉煌意义;细数前尘,古城墙于王旗变换中历经风云诡谲,吞吐岁月,沉浮兴衰。在漫漫历史长河中,虽淡化军事防御功能,可战争的炮火不曾摧毁它。这座沧桑的古城墙不再是块块青砖的叠加,而是片片丹心的凝结,沉默的古城墙记载了多少无声的呐喊。人民用血汗书写的历史赋予它新的价值,使它成为一种民族情结的象征……

尽管正方还沉痛地表示:如果我们拆掉城墙,那么拆掉的不仅是秦砖汉瓦,而且是破坏这座历史名都整体文化氛围的和谐,破坏古都特有的遗风和西安的特色。

尽管我们也为辩手们保护古城墙的呐喊所震撼、动容，用如雷的掌声和欢呼声表达我们的谢意。但我们更应听听反方新颖、立足于现实的论述。

他们要"推翻"古城墙的理由是：至1995年，国家对城墙投资达2.2亿元，年拨款200万元，而1995年门票收入仅27万元，还要支付600多名职工的费用，何不将其用于经济建设？再者四个城门交通拥挤，护城河污水横流，细菌滋生，严重污染环境。在寸土寸金的西安，城墙脚下的大片土地得不到合理使用，有的竟辟作菜园！

"杰出科学家钱学森在城市学的论述中讲到古建筑的问题。用他的观点讲，城墙的城门给帝王的行列走走也许是够了，可是到人民当家做主的时代，人民的队伍和步伐要壮大得多，原来的城门就不够用了，在拆掉它们时，有些人会摇头叹息，可是他错了。因为如果我们新建一座立交桥，它会比城门更美丽，而其豪迈的气魄也非帝王们所能想象得出，城市设计是不应该停留在前人基础上的。"

这次不只是掌声，还有叽叽喳喳的议论。在激烈的辩论中，新旧观念，文化与经济的交叉也在同学们脑海中进行激烈的碰撞。在这个日新月异的时代，我们不仅是拥有，还要善于打破旧的、创造新的。这里有反方引人深思的话。

"建设部政策法规司司长陈为邦指出我国城市科学应当认真研究社会主义市场经济环境下城市发展的理论、方针与政策，以经济建设为中心。再如长江三峡，风景如画，秀甲天下，党中央国务院却做出兴建三峡工程的决定，这是为什么？因为它给我们所带来的巨大经济利益远比那山水的价值大,拆掉城墙后的建设也比青石大得多!"

他们还豪气满怀地说,如果有朝一日人们意识到长城有妨碍发展的趋势也会做出明智之举的。

经过一个多小时的角逐,"古城墙"轰然倒地。

今天我们所推翻的更是思想中的"古城墙"。时代召唤人才,社会需要人才,但我们所要的是那种勇于开拓、创新、改革的新型知识分子而不是因循守旧的纸上谈兵,也不是躺在祖先功劳簿上睡大觉的人。因此文学院院长李志慧教授盛赞辩士们这种有胆有识的维新精神,即席赋诗一首:

谈古论今吐真情,口底悬河起春风。

学子莘莘多英俊,辩才无碍意纵横。

编后:这是西北大学安排的一次学生学识上的争辩,其目的系检验学生的知识结构、活跃校园文化等。由于较局限和不是各方面专家学者的综合论证会,加之衡量标准不一样,故不能将其看作为推倒西安古城墙的依据。本报将此文提供给读者,旨在扩大各校园之间的文化交流。

(《星期天》1996年4月27日)

何阳在西北大学

何阳,这位被誉为"口吐黄金,一计抵万金"及1992年《人民日报》以《何阳卖点子赚了40万》加以报道的奇人是啥模样?他的智慧为什么那样多?

自得知"点子大王"来陕后,这一话题再次成为古城千万学子的热门话题。

3月19日,一个激动人心的消息在西北大学校园传得沸沸扬扬:何阳今晚要来做报告!

7点钟不到校大礼堂就坐满了,数千名学生正在焦急地等待着。

啊,来了!何阳来了!全场的掌声如暴雨卷过海面般的响起,莘莘学子以无比的热情欢迎着这位特殊的知识分子。

眼前的何阳,一米八高的个头儿。他衣着朴素,面带笑容,看不出名人的半点迹象。他说话生动、诙谐,不像在做报告,倒像一位演员在说相声。

点子大王果然名不虚传,一上场我们便领教了他的"厉害"。"我有个建议,撤去门卫,以便更多的同学听到报告。把我的思维方法运用到学习、工作中去……"掌声再次四起。

作为知识分子的一员,何阳始终对寄托着国家未来之希望的大学生倾注着无限的热情。他给学生做报告遵循着三个原则:"不要一分钱,不抽一支烟,不喝一口水。"而且还全心投入。给我们说"点子"时,传授了自己成功运用的五大"点金术"——逆向思维方法,反向思维方法,横向思维方法,心理思维方法和周边思维方法。

他通过生动的事例说明了解放思想,换角度看问题的重要性。

中秋节到了,月饼难销颇令厂家头痛。如何打开月饼市场?何阳经过调研,发现"工农商学兵"这些人中,"兵"这一消费群大有购买潜力。部队后勤部门也反映,市场上销售的月饼都刻着"发财""花好月圆"之类的话,发给战士都觉得别扭。于是何阳帮助厂家推出了"军式月饼",大受部队欢迎。

他说的虽是企业的经营之道,但对我们的启发是无穷的。他说中国的知识分子虽满腹经纶,却一直清贫受穷,一个主要原因是没有把知识转化为商品。他真诚地告诫学子们说,不要读死书,要适应市场的需要,充分体现知识分子的价值。

因此,他针对有的学生抱怨毕业分配专业不对口,待遇低而请教"点子"时,说了一段令人深思的话:鲁迅先是学矿务,后学医,最后成了一个文学家。这种"不对口"使中国少了一位庸医,造就了一代文坛巨匠。他以自己刚起步时,免费销售"点子"为例,说明刚走出校门的大学生首要的是奉献,而不是索取,因为只有当自己的价值得到社会承认才能取得报酬。

为了说明自己只是个普通的人,自己能做到的别人也能做到,何阳揭了自己的"底"。

今年40岁的何阳,1978年仅以高出录取线6分考进了北京化工学院。6年前,他烧掉毕业文凭下海,在既无钱又无房的情况下创办了和洋技术研究所。6年后,他拥有自己的汽车和有专家学者的公司,还被十几所大学聘为兼职教授……

诚然,"出名"前的何阳确如我们一样平凡,他的出现完全是因市场的需求和社会的造就。如果中国知识分子多一点冒险精神,利用自己的才学致富,把"点子"转化为商品,那么这将形成一种浪潮,涌现一批既有科学知识,又具备经营思想的现代知识分子群体。

现在市场迫切需要科技知识,这为科技人员提供了广阔舞台。知识分子为何不充分利用自身优势脱颖而出呢?这难道不是我们当代大学生应该肩负的重任和值得思考的问题吗?

(《星期天》1996 年 4 月 6 日)

我当演员

我对于戏曲之类的娱乐不敢问津的唯一原因是缺少艺术细胞。大家也知道：我唱歌如敲破锣，进了舞场就分不清东西南北，也不识三步、四步，踩得舞伴"哇哇"乱叫。我在遗憾自己的缺陷之余也曾扼腕发誓要好好改造，就是没想到还能当一回演员。

那次学院举行晚会，每个班都派了节目任务。尽管班长搜肠刮肚地动员、动员再动员，就是没有一个男生吭气。说来也害臊，响当当影视专业的学生竟不愿演小品！我是心有余而力不足啊，否则早就奔向革命的舞台了。

没过几天，班长神秘兮兮地把我叫到一边说："大家一致认为你能演好一个角色，可不要辜负群众的厚望哟……"我一听，忙把头摇得拨浪鼓一般，"不行，不行。""不行？这可是女同胞的决定，只有两个简单动作，考虑考虑。"七分诱惑，三分威胁，我也就应诺了。事后一打听，哎，把人羞恼了半截。原来她们编了一个这样的情节：一浪漫女生巧遇男生B，顿生爱慕，期盼B给她写信，而A依恋此女已久，一直苦于无缘表露，就在她相思B时，A给她送上一束玫瑰。得到的却是她把花一瓣瓣撕碎……而我演的偏偏是自作多情的A，堂堂七尺男儿，安能屈膝"女流"脚下？

我生气地说："还不如让我头戴瓜皮帽，脖上挂牌去游大街。

再说我一见女孩就脸红。"女班长很认真地说:"就是看中了你的羞涩才择优录取呢。"娇声娇语说得我又晕乎乎地落入了圈套。

迎接彩排的时候,我把自己从头到脚上上下下地打扮了一下,一切准备就绪后,又照了三回镜子,在一片"帅"的呼声中感到满意犹恐不足,又拉一位舍友当"假想的情人",献了四回花,弄得他非常不耐烦,连说:"够了,够了!"

演出进行得很快,节目一个个在掌声中涨落。女主角在台上爱得痴痴迷迷,该我上台了!我清了清嗓子。拿着红得滴血的玫瑰精神抖擞地走上台,那一刻心跳得很"开心",我像别里科夫一样念念有词:"千万别出乱子,千万别出乱子。"终于还是乱了套。台下的熟人根本就没料到是我,他们一旦反应过来,竟疯了一般地鼓掌、吹口哨,像一阵暴风雨猛烈地刮了起来。我忘了招,腿像灌满铅一样挪不动,脸上的肌肉也不争气地一抖一抖。这光景,哪有恋爱的欢欣喜悦,分明是上刑场。"完了,完了",我长叹一声,只希望赶快完成任务。未等搭档转过身来,我已从她背后把花塞了过去。这时,突然想起还有一个张开双臂拥抱的动作,这一刻我又犹豫了,双手僵硬在空中,脑海中一片空白……

虽然如此,我不后悔,毕竟有了一次难忘的体验,今后要更加苦练"台上一分钟、台下十年功",在人生的大舞台上当好一个合格的演员。

(《星期天》1996 年 1 月 6 日)

"校园文学"如何走出迷惘

校园文学曾有过辉煌的历史,一些当代作家在上大学时就已崭露头角。但在商品大潮冲击下的校园文学社团处于风雨飘摇之中,爱好文学的学子们为此感到迷惘和困惑。那么,校园文学的出路何在?

针对这个问题,陕西财专《学习与生活》团刊编辑部经过长期的酝酿,不久前向20多所高校发出了倡议和邀请,举行"雕璞琢玉你我情"——西安市20所兄弟院校办刊经验交流联谊会。旨在通过这次大会,荟萃文学精英,活跃校园文化,寻找校园文学的出路。60多位代表欢聚一堂,畅所欲言,连组织者也没想到在文学市场不景气的如今,还有这么多热情的手和赤诚的心。

交谈中,朋友们对文学的痴情溢于言表:"我遭受过多次投稿失败的挫折,也受过征文竞赛之类多次欺骗,但这动摇不了我手中的笔。"很多"发烧友"遗憾不能如愿以偿上中文系。他们谈到主要是来自社会和家庭的压力,搞文学没社会地位,经济不优裕,作为一种爱好可以,但作为一种职业来选择就要考虑了。

苦乐寸心知,报人话沧桑。大家就办刊问题交换了意见。谈了经费、稿件来源、栏目设置和文章质量等问题。

与会代表普遍感到棘手的是经费问题。钱不是万能,但没钱万万不能。西安邮电学院《西邮潮》、西纺院《西风》、陕财专《学习与生活》等刊物出一期至少要花500元。在费用不够的情况下只得采用季刊方式,加长出刊周期。《惠风》的主办单位西大中文系,虽在许多学子眼中是中文王牌,但在财力方面却是步履维艰,青黄不接:一期报纸印数500份,经费只有100元。有的杂志如《西风》,还向社会呼吁:"本刊因经费困难,欢迎各界朋友给予赞助和扶持。"

刊物的好坏与否反映在稿件数量的多少上。这些"小编"怎样征稿而把刊物办得富有特色的呢?代表们谈到稿件来源主要有三种途径:其一,登门向教授和"名人"约稿,这类文章有较强的思想深度和力度,能给人以启示,对当代大学生的学习和生活有引导性。其二,找兄弟院校同学约稿,有利于取长补短,增强彼此的了解与信赖。其三,本校同学的自然投稿。对待这类稿件尤其认真,有时为了一个字的修改要与作者反复协商,目的是不伤他们的创作热情……

那一堆沉甸甸、色彩斑斓的报刊宛如一只万花筒,大学生的风采尽现眼前。栏目的设置有"校园之声、思想论坛、青春花絮、人生旅途"等,豪放婉约、疾恶扬善、革故鼎新。文理有别,风格各异。文科生优美的文笔和丰富的情感占有优势,而理工科生的分析透彻、见解精辟令人折服。大家表示选稿要少些风花雪月、无病呻吟,多份对社会的思考与忧虑。代表们说:我们不能为了文学而文学,为美而为美,要提出问题,引导人们去解决问题。西大《惠风》代表还说,我们现在是90年代的大学生,要提倡创新,敢言,小狗不应因为有大狗的存在而不敢叫。

"山重水复疑无路,柳暗花明又一村。"在困难面前我们不畏缩与退让,万众一心火焰高。在西安东郊成立以西安交大为主的五所高校文学联合会,这让人感到激动和振奋。只要努力了,相信终会圆了自己的文学梦。

(《陕西日报》1996年4月5日)

七月的天空

　　我所有的记忆里，没有什么比七月的蕴含更丰富；没有什么比对七月的回想更深刻、生动，每当这个时候来临，就像有根琴弦在拨动我敏感的神经。

　　几年前的七月，太阳似乎特别火，没有风，没有雨，只有蝉的烦躁声。西晒的教室像个"大蒸笼"，而蒸在笼里的是70多个想通过高考改变命运、实现理想的农家子弟。汗不断从我们的脸上、脖子上、背脊上、手上冒出来，这时的汗像虫子一样到处在身上爬，浑身都痒痒的。"疤脸"班主任在讲台上踱来踱去，那双训练有素的眼睛不停地在同学们的脸上扫来扫去，似乎要找出某种肯定的答案，眼神里有的是严厉、期待、希望。而大家此刻关注的是教室里四个静悄悄的大吊扇，自入夏以来"疤脸"班主任就扼杀了它们伸展的好机会。他说："高考是一场没有硝烟的激战，不仅要学习好，还需有毅力、耐力、良好的心理素质……舒适、凉爽的环境只会让人松懈，这是磨炼你们意志的最佳办法，再说高考的时候也不会开电扇，现在还不训练，适应环境，到时遇上高温怎么办？"还自诩这种方法为"集中营"式的管理。

　　在这种氛围里，我们突然加深了对"黑色七月"这个词的理解，不但天空是单调的黑色，仿佛太阳也是黑色。我们多么希望刮一阵风,希望下一阵雨,或是有个"后羿"出现,射下这"可恶"的太阳。实在热得受不了,我们就望望电扇,希望能有奇迹出现,它们会"呼呼"地摇起来。虽"望梅"能止渴,但"望扇"并不能止热。有时也有女生小声地骂"疤脸"是"法西斯"、是"希特勒"。

这种"可怕"的日子一直持续到高考前两天,那天中午下了一阵暴雨,好些男生冲进雨中,张开双臂呼:"雨,你来得更猛烈些吧!"

两天后正式高考。气温一下又蹿起来了,由于下了场雨,空气变得炙热而沉闷。在语文考试时就有好几个同学晕倒了,但没有一个是我们"集中营"里的。"难友"们在各个考场都觉得比坐在原来的教室里凉爽,因为考场人数一下少了三分之一还多。

接下来的日子,我怀着忐忑不安的心情竟然在家稀里糊涂地等来了一纸西北大学的录取通知书,我暗暗庆幸第二年的夏天不必再到"集中营"里接受改造了,同时又想:这里面难道没有"集中营"的功劳吗?我走到户外,第一次发现七月的天空也是五彩缤纷的,我深深地吸了口气,哇!好凉爽!我深深感激我们的班主任宋炎林老师。

(《秦风周刊》1999 年 9 月 9 日)

毕业留念

夏天仿佛是一夜间来临的。从南到北，从北到南，人们都享受到了它火热的问候。太阳从天空直射下来，把校园碧绿、茂密的梧桐叶晒蔫后，在水泥地上留下一个个斑斓的影子。不识趣的蝉儿正一个劲儿地聒噪得欢。我斜斜地靠在一根电线杆上，望着校园来来往往的人群，心里涌起阵阵莫名的忧伤和留恋，我的学生时代将画上句号了。

昨夜，宿舍的小弟醉了，他哭着说："四年的大学生活怎么说结束就结束了，大家怎么说走就要走了……"分别的日子越来越近，宿舍的酒瓶和烟蒂也越堆越多。从宿舍到食堂的长长甬道上坐满了穿短裤、短衫，趿着拖鞋的毕业生。每人面前都堆着满满一堆书，而每个人又都心不在焉。他们不仅仅是为了卖书，卖的也不仅仅是书，更多的是在此享受一种心境，怀念上学的那段时光，随缘送给师弟师妹们一些资料，也算是给学校最后的贡献吧。我就是这群人中的一人。

当初，我是鼓足了好大勇气才坐到这儿的。我素来脸薄，尤其害怕跟人讨价还价。望着书架上满满的书，我哪本都舍不得。即使不翻看扉页上的记载，我也知道购买的日期，知道买哪本用的是打工的钱，哪本用的是稿费，哪本又是占用的买衣服的钱……挑来拣去,最后从床底拖出了一大捆文学杂志,这些曾扇起我作家梦的催化剂,也是占据我无数个日日夜夜,最后差点连毕业证也拿不到的"祸水"。现在,它们静静地躺在我脚下,如自由市场的一堆菜,等待顾客的挑三拣四。

一个人过去了,又一个人过去了,再一个人过去了。我这个书摊成了他们遗忘的角落,追逐的目光都停留在英语、考研、计算机之类的书上。汗如雨般从额头往下泻,浑身似千万条虫在爬,为了转移一下难受的感情,我索性遥望远方,一些记忆的片断在脑海中偶尔浮现。

我并不是个爱读书的孩子,由于贪玩和成绩差没少挨父亲的打骂。记忆尤深的是,那位年轻漂亮的女数学教师曾揪着我的耳朵,如荡秋千般地在讲台上拽来拽去。家离学校很近,每次上课我都提心吊胆,不时有双眼睛在窗外窥视,那是父亲。我有种被监视的感觉。父亲还利用他的优势,每次考完后就能拿到空白试卷,晚上,在昏暗的油灯下,我重新做着白天的试卷,父亲似乎比我更热切地要知道考试成绩。这种情形一直持续到我小学毕业。后来,我到镇上读初中,父亲就鞭长莫及了,不仅因为路程远,还因父亲也只有小学水平。同时,父亲看我的眼神也不是凶巴巴的那种了,是羡慕、钦佩等诸多情感交织在一起的复杂表情,父亲询问我有些文学事情也是一种询问的口吻,怯怯的,就像害怕做错了事的孩子一样……

"咚、咚",一阵强有力的高跟鞋磕打地面的声音传来,似乎把我的耳膜都要震破了。一个穿着白色连衣裙的女孩亭亭玉立地站在我面前,发出一声惊喜的叫声:"哇,这么多杂志。"这是我遇到了的第一个欣赏的主儿。接着,她开始翻书了,纤细的玉指有节奏地跳跃着,如一首流动的音乐。她说,她喜欢文学,也特崇拜中文系的学生,觉得每个人都是今后的大作家……对她这番理论,我觉得要解释肯定说来话长,但好歹也有些骄傲来填补一下我这个中文系学生的虚荣心,就对她说:"你要喜欢,这些书就全送给你了。""真的?"她如旋风般地跑了,飘飘袅袅的衣裙在烈日下如一朵盛开的百合花。

回来的时候,她端着两大杯满满的可乐。就这样,两杯可乐我们的交易就完成了,我的学生时代、我的作家梦、我的农民父亲的殷切希望,都装进了这两杯可乐。

(《西安建设报》2002 年 3 月 15 日)

机会，擦肩而过

1998年是我不平凡的一年，学生时代的结束和人生的大转折都是在这一年。在经历了无数次理想与现实的碰撞之后，现在回过头看看、想想，求职的情景依然那么生动、清晰、深刻。

当1998年新年钟声敲响的时候，我正躺在学校一间阴冷的小屋里辗转反侧，这是我有生以来第一次在外过年。这一年，即将大学毕业，我本打算寒假留在学校把四年来发表的东西整理成册，写好求职信。但不知为什么，我的心情很乱，总有一种紧迫感。我只好把这些放下，提起笔想写些文章。偌大的校园在假期里显得异常冷清，放假前的一场残雪还未消融，只有冻在上面的凌乱脚印才能看出往日的热闹。食堂也已经放假，我的钱又不足以一日三餐在街上吃，所以我买了一大袋子馍，饿了就把馍切成片片，一片一片地放在小电炉上烤。

我家在外省，用这种方式过年，父母和我心中都别有一番滋味。可为了1998年的工作，一个远离家乡的农村孩子还能有什么别的办法呢？我从小的梦想就是当一名记者。在上大学时，我毫不犹豫地选择了中文系。为了实现自己的目标，大学四年我不知道写掉了多少稿纸；在烈日炎炎的夏天，在寒风凛冽的冬季，在其他人睡觉访友时，我到处奔波采访，给报社送稿。四年的坚持不懈让我有10余万字的铅字作品在手,尽管这在全系遥遥领先,但在这个充满竞争的年代,并不是每份称心如意的工作都代表着真才实学。一些看得见、听得见的私下活动还充斥着我们的生活。我真害怕自己的理想会落空。事先,我也问过一些报社工作的朋友,他们说市级报纸关系太多,省报可能相对容易些。我想,现在大家都忙着过春节,即使把材料递上去可能也没人看,说不定还会丢失,不如等到过完年再说。

刚一开学,各种人才交流会就开始了,大多数同学都抱着观望的态度,我也如此。但在我们学校举办人才双向选择交流会的前一天,我和女朋友吵架了,我感到很伤心。她是本地人,家乡观念很强,不愿意随我回外省。一气之下,在第二天的交流会上,我匆匆与外地的一个部队签了约。老师和同学都劝我慎重考虑,可我全当作耳旁风,他们只好向我表示祝贺,说第一天就找到工作,可以好好松口气了。

一个星期后,我开始后悔了,我觉得这样做太草率了。我的身体不是特别好,生活懒散,又喜欢自由行动,部队根本就不适合我。女朋友见了我也泪流满面,毕竟是四年的情意,怎么能说走就走置她于不顾?这样太对不起她了。整整几天,我的脑海里一片空白,"剪不断,理还乱",我变得坐卧不宁。由于我已经签了单位,学校也不再给我推荐新的就业单位了。我只好一边找人毁约,一边自己联系工作。我甚至还抱着一份侥幸和幻想,也许省报现在的名额还空着呢。即使没有名额,凭着自己的实力和对新闻事业的热爱,也许还有一线生机。

但希望渺茫,人事处的老师看了我的材料后惋惜地说:"你怎么不早来呢?应聘的材料人家去年年底就寄来了,在你校今年招录一名,人已经定下来了。"我一看,是我的一位朋友。在这种情况下,我还能说什么呢?我的写作老师听说后急得直跺脚,他亲自给在报社当领导的学生写了一封情真意切的推荐信,但大局已定,非人意所能逆转。这期间,不断有银行、政府部门、大公司来学校要人,但我仍然忙着奔走于各大报纸,而无心于这些单位。

转眼到了五月底,班上的同学基本上都找到了可心的单位。如果再找不到单位,档案就要打回原籍待分配。我进报社的希望彻底破灭了。无奈,我只好找了一家当地规模较小的事业单位重新签约。在众人不解的目光中,我心痛不已。我发誓一定要改掉自己爱冲动的毛病,做事三思而后行,否则再有实力也会与机会失之交臂。找工作,让我长大了很多。

(《秦风周刊》1999 年 1 月 28 日)

与父亲干杯

今年暑假,一场百年不遇的特大洪灾席卷了曾经养育过我的那个小村庄,洪水跨越了万米长江防堤,冲垮了洞庭湖长堤,也冲垮了父亲苦心经营20多年才盖起的新房。全家七口人只好暂时挤在小学的一间废弃的教室栖身。

那天,母亲带着小妹去舅舅家看外婆,弟弟也补习功课去了,就剩下了我和父亲。我闷头闷脑地待在临时的散发着霉味的"家"里,百无聊赖地翻着一本破旧的书。天渐渐黑了下来,点点星光照在还没有完全退去的水面上,让人有种莫名的孤寂感,仿佛被困在荒岛上一般。正在我胡思乱想的时候,父亲叫我吃饭。我恍惚间来到简易搭建餐桌前不由得一愣,桌子上居然摆着一瓶老白干和两个酒杯。我有些意外地看着父亲,一时有些不明就里。父亲脸上挂着少有的微笑:"今晚上咱爷儿俩好好喝一杯,谁也不许赖。"我几乎不敢相信自己的耳朵。在我20多年的记忆当中,父亲的性格有些沉默,不善言辞,不苟言笑,甚至有些刻板。以前家里八口人,全凭他一人支撑,艰苦生活的磨砺,使他对我们一直是严厉有加,很少与我们交流。就是上了大学后,我也不敢在父亲面前放肆。每逢有同学来家里玩,我也不敢和他们一起偷偷抽烟或喝酒。在外做客只要有父亲在场,烟酒我是绝对不敢接近的。为此,我也感到难受和自卑,在父亲眼里我似乎是个永远也长不大的弱小孩子。

在我发愣的时候,父亲已经把酒斟好了。他举起酒杯说:"时间过得真快,一晃你们都长大了,明年你就大学毕业了。"他顿了顿,又说:"真没想到,今年会飞来这场天灾,房子也冲垮了。唉!都是爸没本事,没有把这个家操持好,让你们兄妹吃苦了。"我连忙摇头,张嘴想劝慰他几句,但父亲轻轻地摆了摆手,接着说:"爸老了,今后的路要靠你自己去走了,你要自己珍重。来!咱爷儿俩干了这杯,你没问题的!"

在皎皎的月光下,我第一次发现父亲的头发竟然白了许多,他的眼神亲切生动又充满期盼和鼓励,再也看不到以往的威严了。我眼眶一酸,瞬间明白了,在今后的生活中,我与父亲的位置会悄悄转换,我已经长大了,将不再是那个处处受人呵护的小孩子了,我感到了自己身上沉甸甸的责任。我的眼神变得坚毅起来,我勇敢地举起酒杯,迎着父亲的目光,毅然和父亲的酒杯碰在了一起。酒杯碰撞发出的"叮当"声中,我和父亲一饮而尽。那晚,我和父亲都喝了许多酒,父亲第一次醉得那么厉害又睡得那么安然。

自那以后,我求职、工作,并在异乡立足。多少次,遇到挫折和失败,我都咬牙坚持,不敢有丝毫怯懦和畏缩。我时刻记得那个皎洁的夜晚,记得那晚我与父亲干杯的情景。

(《陕西日报》1997年5月30日)

校园文学无处停留

大学校园是莘莘学子尽展风流的一方圣地,而根植于象牙塔中的大学文学更应该像一位神圣的靓丽的女子,妩媚而不失端庄,朴素而不乏典雅;抑或是一位疾恶如仇的热血青年,指点江山,激扬文字,挥斥方遒。校园文学是高渺深远的意境,如大鹏展翅扶摇直上九万里;更是夸父逐日,为梦想而为,我学、我思、我行的智慧结晶。

然而,多年后的今天,在社会风潮的冲击与荡涤下,校园文学愈发被挤压、揉搓到一个异常尴尬的角落,摇旗呐喊者的身后只剩下一串苍凉、悲壮的足音。在这样的文字里,我们找不到校园文学挺立的脊梁和焕发的容颜,满纸都是故作天真的呓语和无病呻吟的怏怏之句,或是搔首弄姿、摆弄风情地诉说着甜腻腻的风花雪月,抑或是孤芳自赏、顾影自怜地宣泄情感,让人莫名其妙,弄不清是哪里穿越来的。诸如此类,可以说是举不胜举。活生生的事实告诉我们最不愿看到的答案,那就是——校园文学已经严重滑坡或失衡。

记得几年前,我曾作一篇小文《校园文学:如何走出迷惘》,现在看来迷惘依旧是迷惘,甚至越走越迷惘,所以不得不又旧话重提。文学的发展与社会大环境和社会文化阶层的个人修养、自我素质息息相关。在市场经济大潮的带动下,社会经济生活发生了巨大变革,对人们的思想观念产生了巨大的冲击。而文学向来是要远离喧嚣,静下心来,耐得了寂寞才能吟词酌句出精品的。舞文弄墨搞文学不可能在短期内带来良好的经济收益,也不可能在很大程度上提高个人的社会地位。所以很多纯文学的刊物举步维艰,困难重重,《漓江》已经停刊,《山溪》等在政府财政的支持下勉强为生,惨淡经营。在这种风潮下,封闭在象牙塔中的校园文学几乎迷失方向,在雾霭中发展并逐渐走向低谷。市场经济多方面刺激着人们的神经,心态上或多或少地造就了些浮躁,都跃跃欲试想要跳进商海遨游一番。文人们的书桌上早已积满了灰尘,平静的校园里满眼皆是推销、甩卖、兼职海报。囊中羞涩的学子在"四面商歌"的包裹中,除了"为赋新词强说愁"外还能有什么佳作呢?

校园文学既没有良好的生存环境,更没有强劲有力的援助之手。文学的生存和发展有赖于发表园地的鼓励和支持,很多优秀的作家最初都是在文学刊物发表作品并获得信心的。而眼下,文学刊物举步维艰,为了生存下去,或是迎合大众口味,变成了文学快餐,流于媚俗;或是借文学之名搞征文比赛收取编审费或版面费。而校园文学作为一个特殊的文学个体,还不至于直接媚俗化;加之学子清贫者居多,在费用上不可能痛快地慷慨解囊。所以校园文学缺失了展示舞台,只能在较为封闭的状态下自生自灭。

从自身因素看,大学课程日趋繁多,考试压力与日俱增,学生们疲于应付学校课业,无暇走出校门关注社会,体会民情,思考生活。因此,校园文学尽管文字华丽,语言优美,但缺乏厚重支撑,根植土壤不足,无丰满的骨肉,而显得华而不实。另外,就是不注重文学的基本素养,缺乏基础训练。相当一部分大学生语言文字基本功不过关,就自己的一份简历或推荐信都要上网搜索,东拼西凑,更何况是文学作品。这个问题,连许多中文系的学生都不能幸免,这样为文,文学质量可想而知。

虽然校园文学只是文学中很小的一部分,虽然现在也不再有人郑重其事地大呼"文章经国之大业也",虽然我们身边不断飘来孔方兄的种种诱惑,虽然我们不得不为生活奔波,虽然我们只是芸芸众生中卑微的一分子,虽然我们遭受漠视、蔑视乃至歧视而慢慢变得现实……但我们依然把文学的梦藏在心底,希望能在滚滚红尘中把一颗躁动的心安放在校园文学的一方圣土上,也希望能像贾平凹、邱华栋一样从校园文学走向引人注目的文坛……

哲人说:上帝死了,我们还活着。既然如此,为什么不在校园文学中留下一路风光供他人领略、欣赏呢?

(《秦风周刊》1998 年 12 月 24 日)

读　书

喜读书者不乏其人,善读书终成大家者少之甚少,因此,读书是有门径的,门里门外迥乎不同。

刘文典(1898—1958),安徽人,现代杰出的文史大师、校勘学大师与研究庄子的专家,是国学大师章太炎高足,为"章门弟子"。

金克木(1912—2000),江西人,著名文学家、翻译家、学者,和季羡林、张中行、邓广铭一起称为"未名四老",小学学历。20世纪30年代,金克木到北京求学,在北大旁听,兼职北大图书馆职员时,刘文典已是蜚声海外的大学者,这两位当时毫无交集,年龄悬殊,学历、学识悬殊的读书人却因读书而留下了一段佳话。金克木先生在一篇文章中谈道:"一位从几十里外步行赶到北大图书馆来借书的大名鼎鼎的教授,他夹着书包,手拿一张纸向借书台上一放,一言不发。我接过一看,是些古书名,全是善本、珍本。由于外借需馆长批准,而馆长那天恰好不在,这位老先生只好又一言不发地离去了。待这位客人走后,我连忙抓张废纸,把进出书库时硬记下来的书名默写出来,以后有空隙,便照单到善本书库中一一查看。我很想知道,这些书中有什么奥妙值得他远道来借,这些互不相干的书之间有什么关系。我真感谢这位我久仰大名的教授。他不远几十里从城外来给我用一张书单上了一次无言之课。"这位大教授就是刘文典先生。

不仅如此,金先生在他的《咫尺天涯应对难》一书中十分详细地谈到他是怎样充分利用北大图书馆自学成才的:"这里大多是文科、法科的书,来借书的也是文科和法科的居多。他们借的书我大致都还能看看。这样借书条成为索引,借书人和书库中人成为导师,我便白天在借书台和书库之间生活,晚上再仔细读读借回去的书。""借书的老主顾多是些四年级写毕业论文的。他们借书有方向性。还有低年级的,他们借的往往是教师指定或介绍的参考书,其他临时客户看来纷乱,也有条理可寻。渐渐,他们指引我门路。""这些书导师对我影响很大,若不是有人借过像《艺海珠尘》(文艺丛书)、《海昌二妙集》(围棋谱)这类书,我未必会翻看,外文书也是同样。有一位来借关于绘制地图的德文书。我向他请教,才知道了画地图有种种投影法,经纬度弧线怎样画出来的。又有一次,来了一位数学系的学生,借关于历法的外文书。他在等书时见我好像对那些书有兴趣,便告诉我,他听历史系一位教授讲历史课,想自己找几本书看。他还开了几部不需要很深数学知识也能看懂内容的中文和外文书名给我。"

据说"文革"前金克木先生去北大图书馆借书都是拖着小车去拉的。正因为如此,这位小学学历的大教授,不仅掌握英、法、德和世界语等语言,还精通梵文和巴利文,仅20世纪70年代就出书30余种。

这是读书的宽度。

文学大师钱穆则把读书喻为找人谈心,他说:"跑进一个大会场,尽多人,但一个都不认识,这有什么意思,还不如找一两个人谈谈心。"

这是读书的深度。

其实，无论是金克木还是钱穆，在读书的态度与方式上都有异曲同工之妙。读书是一种坚持、一种虔诚，读书是求知与探索，读书更是一种欲望与兴趣。无论是读书的宽度还是读书的深度都是相通的。

补　课

　　以现在城里孩子的眼光来看,我们那时绝对是幸福的,没有排山倒海的作业,更没有假期补课规矩,唯一的拓展活动就是在广阔天地间操练农活,以此提高动手能力和综合实践。因此,许多父母一到节假日,尤其是暑假就眉开眼笑,比我们还高兴。尽管他们也渴望自己的子女跳出农门,但在那个录取比例和教学水平低下的年代简直是个神话,因此也不抱什么希望,一切顺其自然,我们的学习基本上是原生态的,就像我们父母靠天吃饭的农活。

　　在我的学生时代唯一的一次补课是高二结束的那个暑假。好歹也快到高三了,学校也许是真着急了,就这样也是"皇上不急太监急",班上还有三分之一的同学请假在家收割稻谷。我们那时好像也没什么心理压力,只是庆幸这个假期不用干农活了。

　　刚开始,班主任给我们发了一套油印的当年各科高考试卷。我感觉语文还可以,英语一般,数学简直搞不懂,地理也比较难,大多数同学都没把这当回事。补课上的是新课,数学好像上了《三角函数》,语文有苏轼的《赤壁赋》,历史是世界史部分,其他的什么都忘了。记得上《孔雀东南飞》的时候,在嗡嗡的电风扇声中,我迷惘而悲哀地想,一年后我们该飞向何方?

　　那时候,社会上正流行着"霹雳舞","功夫"也很热,周边治安环境不怎么好,晚自习期间时有街头小混混和社会闲人翻进学校捣乱。有次有个二流子半夜潜入学校,手伸进女生宿舍的窗户摸学生的脸,被惊醒的学生用小刀划破了手掌,警察根据医院提供的线索拘留了这家伙。我的家乡是远近闻名的武术之乡,大人、小孩都好拳脚,练把子。我的两位姓刘和姓向的同学自告奋勇参加了学校成立的护校队。我曾见他们将一拿着砍刀的混混头目逛至河边,打得其跪地求饶,再也不敢来学校撒野。他们自然成了同学心目中的英雄,其实,他们也不喜欢念书,这种行为还让其找到施展的舞台。

补课期间,学校领导少,老师也少。教学楼前有一个水塘,学校养了一些鱼,年终的时候卖一部分,给老师分一部分。我们从家里偷偷带了一部分渔网,夜半时分,溜至塘边,将网下在里面,然后持一根竹棍猛击水面,受惊的鱼儿拼命朝网上撞,半个小时结束战斗,捕得十几斤鱼,拿到镇上同学家去加工。也难怪,学校食堂的菜要么是水煮冬瓜,要么是水煮莲花白。一个月才回家一次,拿些米,带些炒熟的酸菜、腌萝卜等咸菜。夏天气温高,一个星期后,罐头瓶里的咸菜就长霉了,早晨的米饭往往是馊的,食堂的师傅早晨起得晚,往往半夜就上甑,放在文火上,米粒在这种环境下早就发酵了。

还有更出格的,当时的政教主任石老师与我们住在一个院子里。院子很大,有许多叶子绿油油,修剪得平平整整的女贞树,宿舍门前还有许多同学倒剩的饭粒。因势利导,石老师就在这个院落里散养了十来只鸡。在我们补课期间,他离开一段时间回县城操办女儿的婚礼。回来后,他发现家里的鸡一只也不剩了,被他的这些"黄鼠狼"学生逮到镇上餐馆吃光了。但也有少数"另类"学生，我班班长朱道智就是其一。一米八九的高个子，鼻梁上架着一副深度眼镜，喜欢打篮球，学习刻苦，历史、地理能顺背倒背，甚至某句话在课本的多少页都一清二楚，他最终修成正果，以全校文科第一名的成绩被中南财经大学录取，我班另外3名同学被当地师范专科学校录取，还有5名同学被中专学校录取，我仅够电大录取线，其他兄弟都做鸟兽散。

后来，我在懊恼、悔恨与反思中度过了高三的暑假，最终未去电大报到。在那年的11月份，我又打起精神走进了中学校园，开始了补习生活。当时的现状是，如果你补习，父母也支持；如果你不学了，父母也不反对。因此就出现了这种司空见惯的现象，同学中有的还在中学课堂，有的却已娶妻生子；还有的大学毕业回母校教书，他的学生中就有他中学时的同学。我的同学就与他舅同读高三年级，他舅在中学读了八年高中，因姓朱，绰号"朱八届"。最终被华中师范大学录取。

补习后，我考取了外省一所重点大学。现在，每逢看到学校与教育行政部关于补课的拉锯战，我就不自觉地想起求学生涯中的唯一一次补课经历，想起青春岁月中的阳光灿烂和荒唐往事。

难忘的考试

那年高考落榜后,我带着无尽的失落与痛苦来到华山脚下的一个铜矿厂,加入工人阶级行列,正式告别了十数年的读书生涯。

两年后的一个下午,头儿把我叫进办公室,神色欢愉而庄重地对我说:"学生娃,我看你的身板干这矿上的活儿实在吃力,而且也可惜了。"他顿了顿又说:"好好复习复习功课,去参加成人高考吧!"说完,拍拍我的肩膀,不再理会还没有反应过来的我,走了出去。

虽然我没有反应过来,但我知道,这对我来说意味着什么。在这个300多人的厂矿,很多工人都还没有转正,每年几个少得可怜的考试指标一下来,都会引发一场不小的震动。虽然自从经历了那次"黑色七月"之后,我曾发誓不再参加任何考试,但面对厂长的盛情,我不能推辞。而且正如他所说,我实在不适合铜矿的工作,不得已,我还是硬着头皮拿起了久违的课本。

参加考试期间,我住在学校附近的一家小旅馆里。当我走进房间时,发现房间的另一张床上坐着一位瘦高个的中年男子,正在忙碌着翻一本《政治考试指南》。他说姓刘,我叫他刘大哥。他是厂里的电工,已经工作了十几年,至今还是农村户口,没有转正。老婆孩子全在农村,两地分居。大儿子今年要中考了,为了让孩子能进城读个好高中,刘大哥暗下决心,今年一定考上……他幽幽地叹了口气:"为了转正、提干和家庭,我豁出去了。今年专门请假停薪补习了一年。唉,我也是刚好处在超龄的边缘,今年再考不上就没机会了。"

考试的前夜,真没想到,这个近40岁的男人居然那么胆小。他在床板上翻来覆去,弄得床板"咯咯"直响,折腾到12点多了还没睡着。他又爬起来,窸窸窣窣摸出一支烟来点上,红红的烟头在黑暗中一闪一闪的。抽完一根又一根,满屋子的烟雾呛得我直咳嗽,可他却不愿停下来。

我忍不住了,不耐烦地说:"刘大哥,安静点。不就一场考试么?"他干脆打开灯,一脸恐惧地望着我,声音带着明显的颤抖:"老弟呀!我十几年没有进过考场了。现在考试是不是特别严,听说还有背枪的警察守着呢!"我又好气,又好笑,揶揄道:"外面还架着机关枪,支着大炮呢,怕有人劫考场……"他哭丧着脸被我逗笑了。

此后的几晚,我都不得不聆听那无聊的床板声、令人头痛的翻书声和他一阵一阵的叹息声。我百般劝解、开导他,都无济于事。我体会得出他的压力,也明白我的劝解是多么苍白,所以只能用被子捂着头,尽量防止袅袅的青烟窜进我的鼻子,在混沌中睡去。

刘大哥考试很认真,总是带着一张疲惫的脸早早来到考场,坐得规规矩矩。每场考试,他都是最后一个交卷。一出考场,他立刻逼着我与他对答案。如果答案相同,他就会如孩子般地手舞足蹈,笑逐颜开;如果答案不相同,他就会垂头丧气,闷闷不乐,跺脚哀叹:"完了,完了。"

最后一门考地理时,他竟然把一本地理地图册带进了考场。

开考不到半个小时,他那点幼稚的伎俩很快被监考老师识破了。他带着哭腔哀求道:"您让我考完吧!让我考完吧!扣多少分都行!我生下来就是孤儿,三年自然灾害差点丢了命,后来又是'文革',我没机会学习呀!"说完捂着脸蹲了下去……

几个月后,当我拿到省城一所知名综合重点大学的录取通知书时,我感慨万千,不由得想起来与刘大哥相处的日日夜夜和那个难忘的故事。多年来,我一直在想,没有文凭的刘大哥是否已经转正、提干了呢?他的孩子是否已经在县城的中学读高中了呢?他是否已经走出了考试的阴影过上了开心的日子呢?一切不得而知,唯愿刘大哥一切都好!

(《陕西广播电视报》1996年10月9日)

选择爱情

我一直害怕做选择题。

记得小时候外婆曾出了这样一道题:树上有三只鸟,猎人开了一枪,还剩多少?接下来供我选择的答案有:一只;两只;三只;没有了。我抓头挠耳地在每项上徘徊了半天,最后得出的结论是:"两只。"外婆长长地叹了口气,对我的智商颇为怀疑。

上学后,做选择题的机会更多了,错得也就更多,更稀奇古怪了。我常常想:这样绕来绕去的多费事,供选择的东西多了,往往就会扰乱人的心智,迷惑人的眼睛,甚至激起人的贪欲。

没料想,学校的选择题还没做完,家人又给我出了一道难度更高的选择题:爱情。

大学快毕业时,我已经临近 25 岁的门槛,在农村已是大龄青年了,有的同学的孩子都已经会叫爸爸了。况且我是长子,下面还有两个年龄相差不大的弟弟。农村有条不成文的规矩,老大如果没有对象,弟弟妹妹是不能结婚的。眼看时光一天天过去了,他们都有些急不可耐。母亲几次笑着问我,她啥时候才能见到儿媳妇,弟弟也抱怨我压在他们头上。我则无所谓地说:"你们办自己的事好了,不要管我。"他们大眼瞪小眼:"这不行!"

于是,如箭在弦,不得不发了。

我给自己设计了一道单项选择题,选项分别是武大的 A,本校的 B 和 C。在做题的方法上是我考虑了检验法,即逐个排除。

首先是 A,她是我中学时的同桌,上的又是重点大学。她具有典型的东方美和无限柔情,眼睛像潘虹,脸像山口百惠,常常抿嘴一笑让人丢魂落魄。无论如何,她是最佳选项。那段时间,我一星期的两封信,两星期的一次长途电话都源源不断地涌向了她。一晃半年过去了,她就像一块顽石一样,任你点拨、雕琢,风貌依旧。

这期间,B 和 C 对我的诱惑也是相当大的。B 长得和她写的文章一样灵秀。她家底殷实,父亲是一家小有名气的企业的厂长。晚自习后,她经常约我到操场上谈心,总是隔三岔五地提到那个敏感的话题。多少次,在内心深处总有一个声音在拷问自己:"难道你真的没有爱上 B 吗?"可是,一想到 A,我就再三告诫自己要沉住气,可能是她在故意考验我呢!

而 C 则是另外一种羞涩而温顺的女孩子。她在我被"选择题"做得焦头烂额的时候,不知不觉地出现在我的生活中。她不断向我借书,请我帮忙办一些琐事。放学后,我不走,她绝不回。或者是悄悄走到我的桌旁,轻而柔地说:"咱们走吧!"之后便低着头,垂着眼,用手轻轻地绞着那条黑而粗的辫子。这样交往的次数越来越多,我明白她是喜欢我的。同学们当面开我俩的玩笑,她也默认了。

可这毕竟是道单选题呀!只要有 A 的存在,我就没有理由再去考虑其他选项。

我开始变了,变得逐渐对 B 和 C 冷淡和疏远,并有意在她们面前多次提到 A。在相当长的一段时间后,她们都远离了我并先后有了各自的男朋友。我暗自庆幸解决了"后顾之忧",便把所有心思都集中在了 A 身上。

有一天,当 A 挎着一个油头粉面,手拿大哥大的男子到学校来看我的时候,我就像在课堂上听到老师宣布了正确答案一样,心中充满了复杂的灰色失败感。我失去了爱我的人和我爱的人。

在失望和悔恨中,我进行了种种假设:如果当初我选择的不是 A,而是 B 或 C;如果我在选择时改变方式和法则;如果……可生活毕竟不是圈圈点点的纸上谈兵啊!我们在选择别人的同时,别人也在选择我们,有时不妨变选择为被选择,或许爱情中会少些遗憾,多一份美满、和谐。

(《各界导报》1997 年 7 月 18 日)

雨打芭蕉夜读书

在南方,有种植物叫芭蕉。它高约两米,叶柄长而宽,四季碧绿,犹如一把巨扇,能遮阳避雨。在南方,家家户户房前屋后栽种芭蕉是件很平常的事,我的卧室外也有株临窗而立的芭蕉。

自打读书起,我就一直盼望着天下雨。落雨,在农村似乎是"法定"的休息日。那时,母亲总是待在家里洗洗补补,然后做饭,之后家人就早早休息,剩下就是我快乐的天地了。斜躺在床上,惬意地翻着金庸的《笑傲江湖》或奥斯特洛夫斯基的《钢铁是怎样炼成的》……书里,刀光剑影,枪声炮声响成一片;书外,粗而密的雨点砸在芭蕉叶上,生出急骤的"吧嗒,吧嗒"声,似千军万马在厮杀,又似幽静禅院传来的木鱼声,还似空谷传音中的天籁声……在略带寒意的空气中,摇曳的烛光也似乎凝滞了,周身的毛孔宛如浸在浴池中般地张开、伸展,自下而上有一股轻微的暖意在流动,一种妙不可言的舒畅在涌动。真是书里书外,交相辉映,书外书里,安能分辨?

我再次感到人类语言的贫困,觉得那份感觉用一切文字来记载都会流俗于幼稚可笑,乃至苍白无力。那时虽没"红袖添香",也不懂"红袖添香"为何物,却也能在心灵的遨游中其乐融融啊!

20年的光阴尽管弹指一挥间,可相片也该早发黄了吧。从南到北,从农村到城市,做的读书梦也该差不多了。在单位工作勤勤恳恳，博得一片赞扬之声，忙忙碌碌中口袋丰腴了不少，书也添了不少。唯有读书的时间和心境在一点点减少，当住房临马路时，我看不进书，嫌那儿车水马龙，是商业闹市区，又搬到一个僻静的四合院，当然没有鸟叫，没有蝉鸣，更没有雨打芭蕉叶的声音。

又想起以前那些读书的美妙时光。小时候家在农村，那地方就是有钱也无地方买书，整个乡镇（那时叫公社）就一个书店，书是少得可怜的小人书，小说、杂志要到县城唯一的新华书店去买。当看到店员一脸高傲、冷漠地望着买书的人，一副爱理不理的样子，我心中充满了羡慕，觉得世上最伟大、最好的职业就是在新华书店当个售书员。虽然当时情况这样，但我们父子都喜欢看小说，往往是一本书在我们兄弟仨和父亲手中争来夺去，几个来回书就"缺胳膊少腿"了。印象最深的是，在酷热难耐的中午，我赤脚踩在发烫的地面上，穿过几个村子去借书，尽管全身上下都湿透了，心里却凉滋滋的。在那个物质与精神双重匮乏环境下成长起来的我，分外渴望拥有一张属于自己的书桌，有一个属于自己的书柜，有一间属于自己的书房的读书空间。

毕业后，我念念不忘这个念想，在先后经历了四次搬家后终于实现了这个梦想。现在书有了，却没了读书的心境。

这也确实难办，因为读经济书就想到炒股能暴发；读文学书，在为某章某段击掌的同时又云不过如此，也跃跃欲试，当个作家什么的；看个哲学什么的，也想把自己半通半不通的见解鼓噪一番……如此一来，大有"思接千载"之举。可在功利名前，希望越多，失望也越大，希望——失望，失望——希望，不断在头脑心海中翻滚，能静读书，面壁十年吗？

因此我加倍怀念当初那种傻乎乎的幼稚的简单的读书感觉，什么时候才能重温雨打芭蕉读书的梦呢？

（《陕西广播电视报》1998年12月16日）

思　念

又是那个欢乐与痛苦的时刻。

思念是在脑中疯长的萋萋芳草；思念是偷偷爬上心壁的柔柔青藤。

灿灿烂烂的朝霞正如你红红火火的毛衣，你正站在弯弯的河边向我挥挥手，一种感觉便拉得很近很近。你的笑像弯弯的新月，照在身上的是半明半暗的无语，一种心情如山间小路一样离我悠远悠远。

你总是悄悄潜入梦中与我幽会，我们手挽手，在严寒的冬夜走向白桦林的深处，生起一堆篝火，背靠背，倾听露珠的欢唱，心底飞出一串串美丽而忧伤的鸽子……

想你的时候，如背一首歌，唱过才知道情真意切；想你的时候，如读一本书，读过之后才知道酸甜苦辣；想你的时候，如酿一杯酒，愈久愈醇……想你的时候，才下眉梢却上心头。

(《西安晚报》1997年7月17日)

夏日二题

日

这是你在热恋么?

捂着发烫的脸,踩上那条遥远的地平线,一路早早赶来赴约,也不怕惊醒了海底礁石的梦。

告诉我,你心爱的人儿是谁?

是在舒展歌喉的夜莺,是在细雨与玫瑰中徘徊的露珠,是在风中碎步的云彩,还是在天山寂寂开放的雪莲?

因为你,这个世界才不再安静!

你的热情压弯了绿叶的腰,你的热情灼伤了小鸟回巢的翅膀……

整个季节,你占领了我们所有的时间与空间。

月

走了太阳来了月亮,又是晚上。

月光,把记忆里勃起的绿意轻轻注入酒波倒影中。

我知道,这样的月光并不能照耀每个人,只是在夜深人静的时候,才敢借着梦幻般的思恋点燃一堆篝火,让星星般的火花托起我渺渺的期望。

不冷不热的体温,是三个月亮温柔的眼光。天上的很高很高;水中的随波逐流;只有洞穿我千年冰封心房的那个,我叫她妹妹。

(《西安晚报》1997 年 8 月 11 日)

花开花谢

生的结果是死,这不是消极,更不是残酷,是自然法则。

生是一个过程,是对理想的追求和对生活的热爱,也是对生命的尊重和对自身价值的肯定。生与死隔着一层薄薄的窗纸,人的毕生就是一个捅破这层纸的过程,这个过程有长有短。过早捅破窗纸,多半是窥探了不该看到的人生秘密,生命也就戛然而止。

人生有的如烟花,虽璀璨却短暂;有的如萤火虫,虽微弱却持续。有的昙花一现,留下惊鸿一瞥;有的如飞鸟过空,了无痕迹。天空没有飞鸟的痕迹就能证明没有飞鸟来过吗?人生亦如此。

物质决定意识。物质是现实,是实践;意识是存在,是精神。精神跑得太快,拔得太高,就会脱离实际,陷入孤独,脱轨。

死是一种选择,是必然。有花开就有花谢,有生就有死。无论生死,只要有存在的意义,都是值得尊重的。

故乡的兰花

江南,是一方神奇的土地。

阳春,从大年初一的酒杯里流出——流出莺飞草长,阳雀声声……

流出岭头如雪的梨花、李花……

流出崖畔姹紫嫣红、如火如荼的夭桃……

对于江南的阳春,自古到今,不知有几多名篇佳作,并非偏爱。当你披着如丝的细雨,吸着母亲呼吸一样的徐徐南风和柔和得令你销魂的暖风,走在春草才发芽的田埂上,只有脚落下去的地方才感到是实处,一切都是梦幻,都是连梦幻也无法企及的亲切与迷蒙。这时,你会强烈感到,所有名篇佳作都未能把江南的春完全描绘出来。美景在眼,美文在心,如鲠在喉,不吐不快,你跃跃欲试,急不可耐地想写、想吟。

忽然,一阵风过。你的诗情文意被突如其来的幽香搅乱。回眸追寻,才在不起眼的枯草中觅得真容——兰花。

兰花生来是不招摇的,天生是羞怯的花儿,朵儿不大,白里透青,与几片又细又长的兰草配在一起,嫣然如一位南国女子,娇小、孱弱、芬芳。

然而,她开在暖风已到但寒气未消的二月。

梅花苦煞三九,幽兰小笑春寒。在梅花与严冬的一场恶战之后,兰花是最先杀出的接应梯队,她不但美,她不但香,她敢向反复无常的早春挑战的戈锋矛刃的胆气却蕴藏于柔静端庄的女儿情态。

兰花,美的勇士。

都以为兰花开在深山幽谷,不。

江南神奇的土地上,二月兰便是无数神奇的景象中的一奇。这里不算高的山丘土冈,到处有兰草,挖不尽,采不完。所以这里二月的山才是名副其实的香山呢。这里的人爱兰草、爱兰花。正月才过,满街都摆着兰草花,江南的女儿们最风流最自豪的便是将几朵兰草花儿结在一起,别在胸前,插在头上,惹得满街香。

二月,兰花幽幽地开了。

(《西北大学报》1997 年 3 月 28 日)

情在无声处

也许是爱的氛围太浓，也许是对爱的疏忽太多，我觉得我的母亲实在是太平凡、太渺小。因而，往往把她遗忘在记忆的角落里。直到有一天，脆弱的心灵再也不堪在外漂泊的沉重岁月，濒于沙漠的边缘。这时，母亲如一树众芳摇落的梅花，在我心底的冰原上悄悄地绽放了。

仿佛母亲又在我身边讲述着童年的往事，把顽皮的我放在竹篱上荡悠，或背着我在酷热的房中踱来踱去。母亲，在雪花飘飘的冬日，您还是给我讲讲那个独木桥上的故事吧！您带我到外婆家途经一座独木桥，桥下是汹涌的河水，您把我背在背上小心翼翼地爬过去，我感到异常高兴，非要您在桥上一遍一遍地爬来爬去。那枯朽的木板在您的脚下发出"咯吱、咯吱"的脆响，您吓得大汗淋漓，两腿打战，可我仍然不满足，依然要走独木桥。望着空无一人的旷野和缓缓下沉的太阳，您急得直掉眼泪……

此刻，炉灶里的柴正发出"噼噼啪啪"的声音，熊熊的火光把您映得满脸通红。在您温馨的沉思中，我发现您仿佛年轻了十几岁，好美丽，好幸福！

母亲，您已如那独木桥一样屡遭沧桑岁月的洗涤，屡遭风雪的肆虐，把沧桑留给了时光，把爱留给了儿子。那架在儿子心中的桥梁是永不折断的！

(《新诗文选》华岳文艺出版社 1996 年版)

人生随想

一、回归黑暗

盲人说:"给我三天的光明,我会把整个世界看一遍。"

健康者说:"幸亏眼睛还好,要不一切都完了。"

我曾对一个朋友说:"如果让你选择脚和眼的一者,你将如何?"他答:"当然是眼。"

无疑,追求光明是人的本性,而光明也是人的向往。

但我们都从黑暗中来,又走到黑暗中去。其中每天三分之一的时光还必须是在黑暗中度过。

黑暗也是我们的需要,黑暗中荡漾着我们本质清洁的灵魂。

我常常呆坐在发黑的屋子里,悄悄地燃起一支烟,随随便便伸展懒腰,这时思想静得要命,事业、职位、权欲统统在黑暗中湮没了。在黑暗中也可以做梦,好运、歹运,但都不是现实,因而可以尽情洋溢"人生"。在黑暗中,我们不再有交锋的对手,松开了所有的包袱,犹如赤裸裸躺在母体中的婴儿。

二、读书

书是人类进步的阶梯,这是一句名言。但我害怕读书。

从小学到大学,我把10多年的光阴都丢在学校的书本里。在老师的教鞭下,我机械地翻着有各种符号的纸,也就是被称之为书的东西。白天看了晚上看,读了,背了,还要考,脑袋似乎不再是自己的,而是被各种人马践踏了一番。

1+1等于多少?除2以外是不是还有其他答案?老师说就是2。再问为什么,书上写的。书上写的就没有错吗?老师瞪了一眼,名人还有错吗?!不错,能写书就是名人。但是我已知道,如果有这道题,如果答案不写2,就可能考试不及格,职称评不上,甚至发不了毕业证。

我又坐在图书馆里,望着满架满架、无穷无尽的书,似乎感到了巨大的压力。

三、不敢奢谈爱情

爱情无疑是人生永恒的风景。

我曾写过一则有关爱情的文章,那是上大学时候的事情。

那天,我揣着文章来到编辑部,一位年轻的女编辑看过后问:"你谈过恋爱吗?"我的脸倏地一下红了,不好意思地说:"刚刚开始。"她又问:"你写的都是事实吗?""当然不是,那仅是我的憧憬与理想。"这位女编辑又步步紧逼过来:"在这方面我是过来人,尤其是结婚以后的事,你写得太幼稚了……"我最终捂着发烧的脸落荒而逃。

后来读别人的爱情也读自己的爱情，读多了就不敢言了。爱情如茶，一泡二泡三泡味不同，一切都需慢慢地尝。所以爱情不是谈出来的，而是品出来的，啜饮之间，其乐融融，回味无穷。

(《陕西交通报》2000年3月27日)

热闹的寂寞

世间多怪。有的地方多山,有的地方滥水,还有的地方无山无水,有山水的和谐统一则谓好地方也。

世人多异。或爱热闹,或慕寂寞,闹中取静,静中有闹,心明自得则谓智人也。

但好的地方和智人都是不可多得的。

凡人大都趋向热闹,三五成群,嬉笑怒骂,莫不给人一种合群合体的好感。于是乎,许多场面总少不了爱热闹的人:麻将天天转,酒桌场场满,舞厅夜夜欢。歌舞升平是好事,不幸的是,这个时候还不到,还有许多寂寞的事需要做。而国人偏偏讨厌寂寞,据说有天一个人趴在街道的下水道口观看。过来一人问:"你在看什么?""有只老鼠钻进去了。"又过来一人问他在看什么,他说:"有只白老鼠在里面。"人越聚越多,传到最后一人说:"前面有人说有几斤重的大白鼠在里面哩。"无聊的看客这样一蹲就是几个小时。

相反,寂寞有时倒变得没市场了。在领导面前你要能言善吹,沉默便是不满,便是抵抗。在朋友面前必须兴高采烈,夸夸其谈,否则是不够义气……

热闹占领了我们有限的时间和灵魂,热闹使我们变得忙碌、无聊和庸俗。

热闹不再是表现自己情感流露的那部分,支配热闹的是各种功利和自私的借口。

因此,我怀念那些寂寞的时光,真诚备至地钦佩那些寂寞的人。

寂寞的人用自己的成果昭示着自己的价值,在默默的追求中享受到了自己全身心的热闹。由于有他们的创造,世界才有多姿多彩的热闹,因此他们是热闹的寂寞者,是山水完美的和谐者。

(《西电一公司报》2000 年 3 月 15 日)

浪漫是一种负担

浪漫是用诗情画意、高雅格调装点的画面,是用天衣无缝、完美和谐的幻想缀成的谎言,是真实而又美丽的。然而更多的时候,浪漫却是一种沉重的负担,是一种"多情总被无情笑"的苦涩滋味。因为迎接浪漫的现实往往是狰狞而又残酷的。

骨子里,也许我们有许多浪漫的因子正在骚动和翩翩起舞,可我们仰慕而不敢追求,跃跃欲试却又顾虑重重,浪漫和现实永远是我们左手拿的矛和右手拿的盾。在这个思想多元化、人格变异的社会里,我们用功利、目标和实用来衡量人生的价值,在激烈的竞争和商业化的炒作中,脉脉温情的浪漫正在逐渐萎缩,很少有人愿在这种看起来很单纯、幼稚的虚幻中浪费时间。即使有浪漫,也是用金钱营造的虚假气氛,因此情人节的玫瑰,母亲节的康乃馨并不能代表什么和说明什么。完成这一切的过程是一种任务、完成这一切的过程是一种虚假的微笑和痛苦的负担。因为它并不能给我们带来多少实惠。

放眼都市,满是行色匆匆、意气风发的各色人等,也夹杂着女性的赢家和男性的胜者,我们可以用身份和地位来炫耀自己,也可以用电脑造出连篇累牍的爱情。但卸下了真实的浪漫之后,这些都显得并不重要了。因为丢掉了"负担",我们也失去了心灵最后的慰藉,我为此而感到悲哀。

(《一周金页》2000 年 3 月 26 日)

凡人的旅游

据说目前旅游已成为一种时尚,但这种时尚往往凸现的是金钱和地位,并不是寻常老百姓所能玩得起的。例如,行空飞、住星级,虽无劳其筋骨、饿其体肤之苦,但与旅游的初衷已大相径庭,他们舍得花大把的钞票,却未必愿放松紧绷的思想和劳顿的心灵,景点忙照相、上车就睡觉、商场抢购物是旅游三部曲。匆匆忙忙出去,又急急火火回来,旅游只不过是他们生活中的一次"放风"罢了,岂不悲哉?

而小百姓不同,他们有他们的活法和打算。想走就走,带着强健的体魄,带着达观的好心情。拼却一身力气,洒下几滴臭汗,可以挤汽车、扒火车,混迹于三教九流之中,听南腔北调,观世态百相,无传呼之噪音,无手机之乱耳;不想商业之利,不争官场之权;可抽烟可喝酒可高歌,情到真处游兴酣,岂不乐乎!小百姓的旅游是实实在在的旅游,前无车辆和导游相引,后无随从"拥护",自由自在地在理性与爱的基础上营造一种有意义的生活。这样的旅游可风餐也可露宿,不必劳师动众,不必用公款吃喝,方便面、咸菜和水足矣。信步所至,满眼都是风光无限、生机勃勃;慢慢游,一切都随意。他们没有吟风弄月的雅兴,也少有"到此一游"的想法,但他们确有哲人的洒脱和诗人的浪漫,这时如果要用任何语言来表述，恐怕都显得苍白无力。小百姓游累了就在山间水边随遇而安，听老鼠窸窣、鸟鸣啾啾，还有清风明月相伴。他们只知道这样才能读懂自然，在这种空灵的氛围中什么都可以想，又什么都可以不想。这种原始的感觉是现代化的宾馆里找不到的，许多人的遗憾之处是从一座城市短暂逃离到另一座城市，从家的禁锢套进了宾馆的囚笼。在被商业化冰冻的建筑里还得忍受小姐无休止的骚扰电话，提防不速之客的突然闯入，这样只能是越游越累、越游越烦，真是"才下眉头，却上心头"。

我们不妨学学小老百姓，做一次凡人的旅游，如《徐霞客游记序》中所言："登不必有径，荒榛密菁，无不穿也；涉不必有津，冲湍恶泷，无不绝也。途穷不忧，行误不悔，暝则寝树砭间，饥则啖其草木之实。不避风雨，不怕虎狼，不计程期，不求伴侣……"那不是另有一番滋味，那不是人生的另一种景致吗？

（《一周金页》2000年2月27日）

冷冻"世纪热"

说不清为什么,国人总是好热闹。即使有只老鼠钻进了涵洞也会招来一堆围观者。因此,世上要是没有了一些热门话题,不知将会变得多么尴尬和糟糕。起码那点茶余饭后的谈料得费番脑筋。记得美国总统克林顿先生因"寡人有疾,寡人好色"而在朝野闹得沸沸扬扬,尽管远隔重洋,国人还是从政治、道德等方面争论了一二三。不知现在他们又在论及什么热点,但铺天盖地的应是"世纪"问题。

逝者如斯。我们在不觉中已步入世纪末,朝前看是欣慰的,因为少了战争的痛苦和法西斯的统治;朝后看是充满希望的,因为在竞争中各项体制日趋完善,各种机会也接踵而来。但由于"世纪热"的再现,竟使人陷入了莫名的恐慌,举手无措或兴奋。

在"世纪热"的爆炒过程中,有一些所谓的"世纪工程",事实证明并不是什么精品工程。1998年,辽宁沈四高速公路青洋河大桥由于局部塌陷造成恶性重大交通事故,2人死亡,2人重伤。1999年1月4日,重庆綦江彩虹桥发生垮塌事件,造成40人死亡,14人受伤,直接经济损失631万元。

一些人为赶"世纪热",不顾自己的感情基础和经济基础,要把婚礼定在新世纪第一天,这样做就能给自己带来幸福吗?更可笑的是,听说离婚也在赶"世纪热",有关部门还郑重其事地做出调查,世纪末的最后一天,离婚率将会上升百分之多少,等等。

"世纪热"也给一些人带来莫名的兴奋,他们看不到社会发展的基本趋势,以为是张扬"个性"的好机会到来了。特别是一些年轻人,把头发染成黄、蓝、绿、红诸色,指甲涂得花里胡哨。正如一首民谣所唱:"眼镜戴在天灵盖,衬衫短得露脐眼。脸面抹得像白薯,眼圈画得像熊猫,嘴唇染得像血葫芦。超短裙,露内裤。矮胸露出半个乳……"

这些现象不管怎么与世纪黏合在一起,都充分暴露了国人一种狂热、浮躁的心理。现在最难得的是有人静下心来想一想、做一做了,好像每个人都很忙,忙什么又说不清。脚在屋里痛,并不是伸出窗外就不痛了。同样的道理,本世纪的糟粕并不是到新世纪就成精品了。

其实,世纪末和新世纪的到来并没有什么了不起。地球照样转,太阳还是从东方升起。关键是要用平和的心态把事办好。因此"世纪热"是该到降温的时候了。

(《秦风周刊》1999年4月1日)

"变异"的激情

激情不是张狂,激情是一种积极的生活态度。在生活中,我们可以失掉许多有形或无形的东西,唯有激情不可磨灭。而在生活中,我们最容易忽视、最缺少的往往也是激情。特别是和平时期的激情更难得。

有位朋友曾"痛心疾首"地对我说,生活在这个没有一点激情的时代,简直无聊透顶了,接着便如数家珍地举了一些例子:足球本该是有激情的运动,而我们的足球运动员在绿茵场上如同恋爱散步,尽管喊了多少年口号还是冲不出亚洲;女排也日趋下风,连一向看好的男乒也底气不足了;还有,公众场合的"闲事"无人管,看热闹的倒多……总而言之,人活得很窝囊。听了这位老兄的慷慨激昂之词,我深感惭愧,自己整日为五斗米谋生而忙忙碌碌,虽谈不上空虚,倒没有如此全面地考虑什么激情不激情的。

以后跟这位朋友还见过几次面,印象特别深刻。

在一个招待会上,他一改往日的消沉,频频举杯向领导、同事致酒,白胖的脸上堆满了"热情洋溢"的红光。他的劝酒词也特别,就如当初陈词"激情"一样令人难忘。宴会伊始,他说:"酒场就是战场,酒风就是作风,酒量就是胆量,酒瓶就是水平。"对同事,他说:"感情深,一口闷;感情浅,舔一点;感情薄,喝不着;感情厚,喝不够；感情铁，喝出血。"对朋友，他说："酒逢知己千杯少，能喝多少算多少；喝多喝少要喝好，会喝不喝就不好。"对领导，他豪情万丈，"一口全喝光，这样的干部要到中央；一口见了底，这样的干部要抓紧提；一口喝一半，这样的干部要再锻炼"。

还有一次在歌舞厅。我本不善歌舞，在他的一番游说下还是去了。他唱了《纤夫的爱》和《妹妹你大胆地往前走》两首歌，折腾到晚上12点，他兴犹未尽，又发了一通高见，"握着小姐的手，好像回到了十八九；握着情人的手，酸甜苦辣全都有；握着女同学的手，后悔当初没下手；握着老婆的手，一点感觉全没有"。他解释说，现在才找到了生活的激情。

这回轮到我不但惭愧，而且诧异了，"与他相比，难道我们就消沉了吗？"

（《西安建设报》2000年5月15日）

城市与乡村

对于乡村我并不陌生。

低矮的房子,或红砖碧瓦,或茅草竹篱;连绵起伏的群山,有的绿意盎然,有的怪石突兀,杂草不生;纵横交错的田间小道,窄得只能容下一只脚;随意流淌的小溪,有时水面偶尔漂过一两片落叶或几朵野花;湖边、塘坝到处有青草,其间有小鸡捉虫,耕牛伏食;春天播种,秋季收割;夏天炎热,冬天下雪。四季分明。白天晴空万里,晚上月明星稀。这似一幅恬静优美的山水画,惹得那些城里人也按捺不住了,不禁引发了绵绵的思乡情结。恨不得隐居田野,"明月相伴荷锄归"。据说,有位城里的千金看到田野一片片青青的麦苗时,不由得赞叹:"这么多的草,漂亮极了!"望着人家的小猪又说很可爱,非要抱着一起照相。这或许不可靠,是乡村人的那点"阿Q"思想在作祟,嘲笑城里人的不稼不穑,不辨五谷。但真实的是,赞许归赞许,也没见得有多少城市人因此而到乡村安居乐业,倒是一拨一拨的村民要逃离"世外桃源"到红尘滚滚的闹市寻"烦恼",何哉?

在中国,据说有八亿多农民。偌大的数字后面有的是一个个充满艰辛的故事。绝大部分农民还处在刀耕火种的年代,在纯粹用体力和汗珠堆砌起来的生活中,在整天为衣食发愁的日子里,又有多少幸福可言呢？我的老家也处在那"国画般"的山村里，当我还未"农转非"时，父亲憔悴苍老的脸和对生活沉重的叹息给我留下了深刻的印象。春季，深夜暴雨突降时，父亲就打着手电，披着雨衣，深一脚浅一脚地行走在泥泞小道上去看秧田中的水，水少了秧苗得不到正常的生长，水大了又会将秧苗冲走。夏天的南方，酷热难耐，而这时往往是早稻的收割季节和晚稻的插播季节，父母在早出晚归中不但要抵挡阳光的暴晒，还要忍受蚊虫的撕咬。而我们这些歇暑假的学生也跟着"遭殃"，少不了也要在田间劳作。即使在冬天，有的地方的农民要上山割荆条，编筐，以补家用。我想，都说南方的孩子聪明，是很多农家子弟对这种沉重的农活怀有恐惧，只能用学习成绩来弥补劳作时的"皮肉之苦"，至今，我想起来也还"心有余悸"。对于生活在长江、黄河两岸的村民，到暴雨季节，晚上睡觉总要睁一只眼，一不小心就有可能被突至的洪水要了性命，真是"惴惴不安"。

在这样有限的文字里，是难以说完农民的真实生活的，每一笔都是与"图画"格格不入，大煞风景。

对于城市，我现在也不新鲜。

无论是林立的高楼、川流不息的汽车还是闪烁不停的霓虹灯，多少给人都有种冷漠的感觉。无论是在房子里的人还是行色匆匆奔走在街上的人，他们无不在怀里揣了一个梦想，或多或少与房子、车子、票子有关。这与村民基本的温饱理想是有区别的。在我们不停诅咒城市的污染、噪音等环境时，却丝毫不敢放松自己城里人的梦想。"有本事的"还要不停地挑城市，从小城市到大城市到京城乃至到外国的城市，这时，他们像斗牛士，把城市当作了驯服的对象，披挂上阵，一路斩杀下去。或者该把这叫作奋斗、叫作拼搏，偶尔涌起的乡村情结不过是旅途解乏的一根纸烟。

而村民眼中的城市不同，简直是天堂。那里的人一年四季穿着干净得体的衣服，走路不湿鞋，也没有风吹雨打，他们进了城就如到了大观园，手脚都不知朝哪儿放好。他们最崇拜的也是城里人，城里人都是当官的。逢年过节，城里有人坐小车甚至出租车回家，都会给村里带来不小的震动，家家准会教育自己正在上学的孩子，要以坐车的为榜样，考到城里去，以便光宗耀祖。中国人的官位思想比较重，中国的老百姓尤其可怜，就盼着自己的子女能在城里做官，这里头有多少该值得思索的原因！

其实城里人认为自己也很辛苦，做生意的要处处算计，做官的要钩心斗角，至于小市民则要为生计奔波，就是一分钱的菜也要讨价还价。他们以为还不如做农民自由，对吧？

尽管城市与乡村彼此羡慕对方，但丝毫掩饰不了中间的沟痕。从某种意义讲，城市是乡村的中心，乡村是城市的辐射与外延。在城市未出现前都是乡村。城市最初的出现也不过是带围墙的高级乡村，但正是城市的墙将市与村隔开来，从此就有了地位的悬殊。

虽然每个市民的脉管都有或多或少的农民分子，但每个市民都在竭力挣脱这一分子。距离可以缩小也可以拉大，城市与乡村之间呢？

（《西安建设报》2000 年 6 月 25 日）

活出风度

百人百态,各有活法。

在人生的大舞台上,我们很少看到闲人,每个人都在尽情扮演着自己的角色,都想活出点滋味来,成为引人注目的主角。即使做不了振臂一挥应者云集的英雄,也应该是个在小圈子里有头有脸的人物。于是,我们就变得忙忙碌碌起来,拼命地赚钱,拼命地花钱,买房子、置家具,在大大小小的集会上指手画脚、侃侃而谈,或是在各种酒宴上排山倒海、一掷千金。拿大哥大的嘲笑挎BP机的,穿皮鞋的蔑视光脚丫的……形式上我们很富有、很风光、很充实,实际上我们的生活质量并不高,单调而刻板,劳心劳力。在名利的驱使下,看了多少脸色,说了多少违心的话,又干了多少欺骗良心的事?我们犹如被网住的鱼儿,惶惶不可终日,到处寻找突破口。有时,这种情形连我们自己都觉得有点失态。生活的目的究竟是什么?当我找到答案时,已经是大学即将毕业了。

那时候,教我们西方文学的是一位漂亮的年轻女老师,我特佩服她出口成章的语言和那些神采飞扬的古希腊神话传说。我常想,她要是把所讲的东西诉诸笔端,一定会成为一本有价值的畅销书。日复一日,老师似乎丝毫也没有写书的意思。我着急,几位学兄学姐更着急,他们甚至说您如果再不动笔,我们可要动手了,您可别怪我们抢夺题材。那一刻,老师在讲台上笑了,很甜很美的笑容。她给我们讲了一段有关她老师的插曲。

老师的老师是教古典文学的,他学贯东西,博学多才;他讲课见解精到,妙语如珠,他的课魔术般地让一代又一代的同学如痴如醉。可他从来都是"述而不作",直到退休还是个讲师。那时,老师也如我们一样,急不可待要老师著书立说。而老师听了哈哈一笑:"人生恣意,怎可太多牵绊",并开玩笑说:"我这不是活得更有风度吗?"

这回该轮到我耳红了,我为自己的世俗而感到惭愧。人世间的东西并不都是能用名利称量啊!我想,那些极平凡、极平凡的人之所以活得其乐融融,恐怕心中也有这样一种"风度"在支撑吧。

可怜的人们,当我们不能从物欲的重荷下摆脱出来时,当我们到处寻觅超脱的方式时,我们是否想到了这种豁达,这种淡泊名利的风度?是否享受到了"采菊东篱下,悠然见南山"的闲适?是否品尝到了"不以物喜,不以己悲"的超然?

(《各界导报》1997年5月30日)

想起屈原

在我的家乡南方,每年端午节都要划龙舟、吃粽子,据说是为了纪念屈原。蛰居北方的这几年里,我差不多忘了家乡的习俗,也忘了这习俗的起源。

冥冥之中,我再次让狂躁的思绪慢慢沉淀下来,让那"披发行泽""哀民生之多艰"的三闾大夫缓缓走进我的心扉。想起屈原就不能不想起他坚持理想、宁死不屈的精神给历代文人的鼓励。

汉初的贾谊,在受谗被疏,贬为长沙王太傅临湘水时,便写了一篇《吊屈原赋》,哀悼屈原,寄托自己的感慨。司马迁在遭"李陵之祸"受宫刑后,也以"屈原放逐,乃赋离骚"来鞭策自己活下去,作为自己完成《史记》的动力。唐代伟大诗人李白、杜甫都敬重屈原,李白曾用"屈平词赋悬日月,楚王台榭空山丘"这样的诗句来肯定屈原的不朽。当杜甫经过屈原的家乡秭归时,便吟出"若道士无英俊之才,何得山有屈原宅"来赞美屈子……郭沫若曾根据有关屈原的史料写了《雷电颂》等剧,在抗战中鼓舞国人士气。

想起屈原,就想起他悲剧的一生,就想起那个时代文人的悲哀。

他是出身楚王的同姓贵族,20多岁即任楚怀王左徒。他"博闻强识,明于治乱,娴于辞令",所以得到楚怀王的信任,在内与王计，谋国事，出号施令；对外则接遇宾客，应对诸侯，真是少年有为，春风得意。但是，这个可怜的书呆子不懂得巴结领导，取悦同事，每事锋芒毕露，自然不会有好果子吃。他的同僚们设法在楚怀王面前诽谤屈原，使怀王免其左徒官职，迁为三闾大夫，放逐于汉水北部一带。

后来，楚怀王和宗秦派受了秦国的欺骗，丧师辱国，怀王自己也被骗到秦国做了三年俘虏，最终客死秦国。当时，屈原流放在外，为楚国政治的腐败和国运的危殆写出了沉痛的诗篇。但文字毕竟是文字，文学毕竟是文学，不能真正富民强国。

他的第二任领导楚顷襄王即位后，屈原心头又燃起了为国效力的希望，整日为楚国强盛而努力。但不久后，楚国亲秦势力又再次抬头，顷襄王做了秦国的女婿，屈原又受到放逐江南的打击。在忧愁愤恨中，眼看着祖国日益腐败、没落，而秦国又步步紧逼，最后郢都也被秦将白起所破。他既无法力挽狂澜，又不能坐视楚国灭亡，于是投长沙附近的汨罗河而殁。

那个时代终于过去了，留给人们的是2000多年的沉重哀思与悼念。我们的时代是一个激情与开放的时代，在这个时代里，我们更加怀念屈原，更加敬仰那具有屈原精神的人们。

(《各界导报》1997年6月6日)

守住精神家园

不管你信不信,我们每个人都生活在两座不同的家园里。一是有形,一是无形。

当我们在漂泊、流浪的时候,想到的是,"梁园虽好,非久恋之乡"。浮华一生,年老时回首云烟,又云:落叶归根。即使是战争、自然灾害毁坏了我们的家园,我们也久久徘徊,不愿离去。这是我们对有形家园的情结与依恋。

而在无形的家园,是前人努力创造的数千年文明沃土,是我们精神栖息、慰藉的寓所,是我们的精神家园。精神家园不仅需要我们来营造,更需要我们来守护。

记得很久以前,我一直想拥有一间属于自己的房子,里面有满柜子的书,高低合适的写字台,最好还有一盏可以任意调节亮度的台灯。拥有自己的空间,看自己喜爱的书,这恐怕就是我儿时理想的精神家园了。但在当时,这份隐藏在心灵深处的"奢侈"就像肥皂泡般地破灭了,全家八口人挤在四间小泥屋里,破旧的马灯和黑漆斑驳的饭桌伴我度过了漫长的小学生涯。

进入大学后,在拥有百万册书籍的图书馆,我再次找到了自己的精神家园,古旧发黄的书页中浓缩了人类数万年来的发展轨迹,幽深而引人入胜。我尽情地倾听着他们对社会的思索、对人性的剖析……我寄居在别人精神家园的同时，也在稿纸上宣泄一些浅显的文字，如春蕾般吐露自己的诗情及见解，年年月月，惨淡经营自己的精神家园。

没想到，在自我世界中其乐融融陶醉不已的自己，一不小心却成了"傻帽"。

几位多年不见的老朋友瞧见我的模样，心酸地说，还弄那破玩意？他们现在尽管富得叮当响，肚子也挺起来了，可脑子却空了。开口是房子、票子，闭口是车子、女子。脸上早无昔日文人的自信与洒脱，取而代之的是庸俗、市侩与牢骚。有位诗人曾说，"鸟儿的翅膀上一旦拴上金块就飞不起来了"。那么，人一旦钻进了钱眼，还能守住精神家园吗？

那位超凡的高僧对人生的禅悟是：天下熙熙，皆为利来；天下攘攘，皆为利往。在物欲横流的社会中，每个人都难免会受到名利的蛊惑或引诱，而要在"坐怀不乱"的宁静淡泊中守住精神家园确非易事。这就需要我们有一种不急不躁、甘坐冷板凳的献身精神。

如果水土的流失是导致沙漠化，使千里沃野变成不毛之地，使人类失去生存的空间；那么"家园"的流失实质是使人类倒退返祖，从文明回到愚昧。"返祖"是一个可怕的现象：身后长尾巴、脸上长腮、手变成脚……让我们退回到茹毛饮血、结绳记事的时代。这种自毁"家园"、自取灭亡的教训曾在历史上记下了惨痛的一笔：秦朝的焚书坑儒、元朝的八娼九儒、清朝的文字狱，以及"文化大革命"时期的"批臭老九"。这使文化蒙受尘垢，使"精神家园"一度荒废、文明流失。

物质能使人富有，也能让人在商品中迷失方向，丢失自己，在极度空虚中变得绝望，最终走向死亡。拥有精神财富，即使就是一文不名也会活得充实。在人生的短暂时光中，还有什么比快乐更开心的呢？守住"精神家园"就是守住了自己，就是延续了生命。

（《星期天》1997年1月11日）

黑色幽默

近日观看一个段子颇有幽默和智慧,遂抄于下。

有人双腿逐日变黑,心中大惧,恐有不治之症,求医问诊,大夫看后严肃地说,回家洗个澡就好了。

其实,关于这个段子的结局还有几个版本,我想不妨狗尾续貂。

其一,大夫说,这病还不好确诊,这样吧,先做个检查吧。不管结果如何,你可要有心理准备。"患者"血检28项,然后尿检、B超、CT检查,最后核磁共振,共128项,费用近2万元。大夫拿着结果喜笑颜开:"恭喜你,身体总算无大碍,建议平时多洗澡,能促进心血循环,愉悦身心。""患者"喜极而泣,千恩万谢离去。

其二,大夫说,怎耽搁这么长时间才来医院,需立即住院。然后进入众所周知的流程,与此同时,护士每天都用酒精清洗一次"患者"腿部,两周后,黑色褪掉,出院。"患者"感激之至,书一"医坛奇人,妙手回春"锦旗送大夫。

其三,回到段子。"患者"将信将疑,然后勃然大怒:"你什么狗屁大夫,就这样对待病人,我要投诉你。"然后走上了漫漫的信访之路。

其四,回到段子。"患者"怒从胆边生,这大夫竟这样嘲讽我,反正我活下去没什么希望,不如与你同归于尽,于是……

其五,回到其一。"患者"想:检测费就这么高,那药费可能更贵,反正没钱治,还不如自己了结。

其六,回到其二。"患者"心态豁达,无为而治,就在老家的温泉里泡澡,然后打麻将,吃肉喝酒,没几天痊愈,一传十,十传百,各类患者都来泡温泉,周边饭馆林立、旅馆林立。随即"神泉"有限公司成立,昔日的"患者"即为董事长。

男人:家里的一座山

世上男女相识、相知、相恋,谈婚论嫁,最后结合组成一个家庭。有了家庭,男孩子便有了责无旁贷的义务,从而锤炼打磨才成了真正的男人。

在妻子眼里,他是最佳的人生伴侣。自从嫁给他那一刻开始,女人就把这一生托付给了她心爱的男人,希望能与他风雨同舟,白头偕老。因此男人必须坚守当初爱的承诺,时刻为自己的选择和行为负责,对妻子忠诚,始终如一地关心、爱护妻子。无论在生活的征途中发生什么事情和意外,都要和妻子一同面对,患难与共,给爱人山一般的依靠。花无百日红,人无百日好,女人漂亮的容颜终有一天会老去,男人的爱应该像好酒一样,岁月愈久爱愈深厚。如果只注重容貌,那么这个家庭的悲剧是可想而知的。古有陈世美,今也不乏喜新厌旧之徒,很多男人一旦飞黄腾达就马上抛弃糟糠之妻另觅新欢,给家庭、给亲人、给孩子带来了无尽的愁思,甚至酿出了许多家破人亡的惨剧。这样的男人,没有山的伟岸,缺少山的坚毅,不能称作真正的男人。亚当曾说:"你是我肉中之骨,骨中之骨。"这丝毫不是贬低女人,是说男人和女人骨肉相连,丈夫和妻子同气连枝,你中有我,我中有你,密不可分。好男人虽不一定时时把爱挂着嘴上,但一定把爱放在心间,对自己的女人关爱体贴,爱得刻骨铭心。扪心自问，你能做到这一点吗？

在儿女眼里，男人是勇敢、崇高和勤劳的化身。中国自古是"严父慈母"，父亲是这个家的脊梁，是孩子心目中的第一个英雄。男人在外打拼，流血流汗，为的是什么？就是想让自己的孩子有饭吃，有衣穿，能好好上学，过上好日子。父亲再苦再累，回到家里，看到孩子们天真的笑脸，心里那是比蜜还甜。男人对子女的教育不是放在嘴上，而是落实在行动上，以身作则，率先垂范，做好榜样，在无言中树立父亲的形象和威信。"上梁不正下梁歪"，一个举止粗鲁、蛮横无理、不学无术的父亲对孩子的影响是可想而知的，很多青少年的犯罪与家庭，特别是孩子父亲的教育密不可分，不得不引起父亲的反思。

再成熟的男人，在父母眼里永远是孩子。当男人在自己父母面前时，他会收起山的锋芒和棱角，有时甚至温顺得像个孩子。轻轻地为父亲倒杯茶，给母亲捏捏脚，笑眯眯地和老人谈天说地。男人知道，孝敬父母，赡养老人是自己不可推卸的责任。不管你在外面有多大权，有多少钱，有多么风光，回到家，你依然是父母的儿子，是他们生活里的主心骨。现在，很多人给父母雇个保姆，或出点钱把父母送到养老院，认为有吃有穿就行了，殊不知淡了亲情，冷了父母的心。"老吾老以及人之老，幼吾幼以及人之幼"，如果你垂垂老矣，儿子也这样待你，又将如何呢？

男儿有泪不轻弹。男人有自己的事业，男人有自己的追求，出了家门男人是驰骋疆场的英雄，流血不流泪。有情未必非丈夫。尽管家家有本难念的经，但只要有男人在，再难的日子也有奔头，再苦的明天也有曙光，男人挺起山一样的脊梁，家才是家。

(《劳动周报》1998年4月17日)

关于爱情

爱情从来就是个看似纯洁，实则深奥的复杂命题。对于爱情，仁者见仁智者见智，不是三言两语能说得清的。博学多才的钱钟书先生曾意会出"围城"的比喻，受到众多人等的追捧，城外的人想进去，城里的人想出来。千百年来，人们就在这座"围城"中进进出出，把所有的恩恩怨怨、是是非非的感情纠葛在一起，演绎成人生永恒的主题。

说到底，爱情是一个极个人的东西，她不是供人欣赏的鲜花，也不是没有生命活力的雕塑，应该是属于自己慢慢品尝的佳肴。虽然任何一对伴侣在一千个人眼里会生出一千种不同的姿态，但在自己心中只有一个标准，那就是"对了"，也许自己都说不上为什么。记得给表哥介绍对象时，我还小，自然不懂得还有如此微妙的感情世界。我的第一个未来的表嫂不但人长得漂亮，而且温柔贤惠，表哥去"叩见"未来的岳父大人时，他的洗脚水都是我这个未来的表嫂给倒的。表哥呢，又是个长得并不怎么帅气，墨水也没喝多少的粗人，亲戚朋友都说他这个媳妇是打着灯笼都难寻的人。照理说来表哥应该知足了吧？可到快择日结婚的时候，他寻死觅活硬是不同意这桩婚事，把姑母气得干瞪眼，最后不得不依了他。我现在的表嫂倒是表哥的意中人，模样一般，脾气还不好。一句话没说好就扔下两个孩子跑回娘家，一住就是十天半个月。表哥经常要去赔小心,说好话,像哄孩子般地接回来。表哥在家要洗衣做饭干家务,还要带孩子,活脱脱的一个"家庭妇男"、超级"奶爸"。可他没有半点怨言,整天乐呵呵的,生活得蛮快乐的。这也不由让我们想起了戴安娜王妃和查尔斯王子,全世界人都觉得是王子与公主的绝配。可没想到偏偏杀出一个年纪又大颜值又低的卡米拉,硬生生俘获了王子的心,闹得戴安娜与查尔斯离婚,卡米拉入住白金汉宫。

情人眼里出西施,只要有这份感觉,缺点也会变成优点。爱情就像魔术,魔术师手拿魔杖,念念有词,煞有介事地舞弄一番,面带夸张地喊声"变",一个球眨眼变成了四个,空空如也的布袋瞬间变出一篮子鸡蛋。如果他说破奥秘,这些东西本是存在的,根本不是变出来的,未免有些扫兴,原来如此。

研究表明,处在热恋中的人智商会降低,更有甚者说恋爱中的女人智商为0。当我们处在爱情旋涡中时,总不免被对方的"魔力"弄得眼花缭乱,神魂颠倒,觉得这个人就是整个世界,而一叶障目不见泰山。天长日久,激情消退,有一天才蓦然发现他(她)原来如此平凡普通,也只能一声长叹:唉,这就是爱情。

爱情的最后一道程序应该是婚姻。一路披荆斩棘,排除干扰后,终于可以松口气了。甜言蜜语不再是婚后的标配了,脏衣服、臭袜子也可以随意丢了,洗碗、做饭也不是争着抢着了……

放松后的夫妻才开始了爱情的真正磨合与考验。有的人过不了这个坎,而分道扬镳;成功跨过这道坎的人会发现,原来生活不需要太多的解释和遮掩,一句话、一个眼神、一丝微笑就能洞察彼此的心境与深意。

心意相通才是爱情的最高境界。

(《企业信息报》1998年3月24日)

品　茶

茶可以吃,可以喝,可以饮,可以品。吃、喝、饮固然实用,但终究少了一份情趣。"吃"过于宽泛、笼统,凡进嘴之物皆可用吃;"喝"过于随便,略显粗糙;而"饮"则不能体现食者的心情,使人缺少想象的活力。只有"品"才能做到心领神会,而充分施展味觉与嗅觉的功能,不仅有滋有味、有声有色,还能显示出一种雍容大度的闲适心态。

可惜的是,现在的人似乎很难做到这一点,他们往往把大量的时间花在钩心斗角的商城和吆五喝六的牌桌上,渴了便端起杯子一饮而尽,很是豪迈的样子。这种牛饮的模样令一旁的日本人很难理解,他们不明白师父怎会有如此突兀之举。常理,师父总该比弟子文雅一点吧。可实际上我们已经背离得太远了,而日本却已经将"茶"纳入了道,呈现给世人的是茶庄严、古朴的禅宗文化。"青出于蓝而胜于蓝"。

茶并不是人人都能"品"的,只有那些"以冷静的头脑去看忙乱世界"之人,或只有在眼前和心中无富丽繁华的影像和念头时,方能真正地享受它。国学大师林语堂先生不仅精于茶道,而且对此还有许多精彩、幽默的论述。在《茶和交友》一文中,他说:"和妓女作乐时,当然用酒不用茶。但一个妓女如有了品茶的资格,则她便可以跻于诗人文士所欢迎的妙人儿之列了。苏东坡曾以美女喻茶,但后来《煮泉小品》的作者田艺蘅即补充说,如果定要以茶去比拟女人,则唯有麻姑仙子可作比拟。"

不仅如此,此老还把品茶的技术煞有介事地陈列十条,其中就有"煮茶的艺术一半在择水,山泉为上,河水次之,井水更次,水槽之水如来自堤堰,因为本属山泉,所以很可用得;客不可多,且须文雅之人方能鉴赏杯壶之美;好茶必有回味,大概在饮茶半分钟后,当其化学成分和津液发生作用时,即能觉出;茶味最上者,应如婴孩身上一般的带着'奶花香'"。品茶品到这种份上真是令人叫绝,把其他人逼得只有一种感觉:"眼前有景道不得,崔颢题诗在上头。"

我虽不是品茶之人,但我能遥想那些风雅之士怎样把茶炉置于窗前,用硬炭生火,并郑重其事地边煽炉火边注视着炉上的水壶。时时顾看炉火,等到水壶中渐发沸声,便立在炉前再不离开,把握火候而不敢轻易懈怠……水热,茶备,虔心冲泡,第一泡誉为十二三岁的幼女,第二泡为二八妙女,第三泡则是成熟少妇。

高是高雅,但太过阳春白雪,不免曲高和寡。

这让我不由想起了茶的两位传统兄弟——烟、酒。这二位虽然有广阔的市场,但名声却不怎么好。伤身败性不说,想占点便宜就让其充当探路卒子,研究研究(烟酒烟酒)嘛,堕落为皮条客。而茶却是清清白白,未有丝毫毁誉之闻。我想,品茶大概可使文人摆脱庸俗,参悟人生,以示孤高清傲的君子风范吧。

(《天然保健品》1997 年 8 月)

读书·喝酒·抽烟

读书、喝酒、抽烟乃是人生至真、至情、至趣的三味。可惜，这人生三味中只有极少、极少活得有滋有味的人才能体会。对此三者的关系，我是这样认为的：如果一味死啃书本，竟不知人间还有酒、有烟，不仅易流于书呆之列，还会被人指为缺少人情味；如果只知喝酒抽烟而不翻书，则更可怕：那是粗俗不堪的烟鬼、酒鬼。

读书的妙处自不待我言。古人有许多精辟的论述，"书中自有黄金屋，书中自有颜如玉"，金钱、美女的魅力吸引着众多的人。"两耳不闻窗外事，一心只读圣贤书"，幻想朝为田舍郎，暮登天子堂。由于是为名为利而读，在文人中便演绎了一幕幕范进、孔乙己之流的悲剧。现在，很少再有人伏在三尺案头孜孜不倦，挑灯夜战了；也很少再有人去继承"君子言义不言利"的传统了，他们自然不会因名利再去走读书的"捷径"。在偎香倚玉的风流中，在排山倒海的酒宴中隔三岔五便有狼嚎般的声音传出：我穷得只剩下钱了。精神荒漠若此，难道不是人类进化史上的悲哀吗？

思前想后，在诸如此类的读书中，我更怀念学生时代那种无忧无虑、心如明镜的读书生涯。众所周知，这几年，读书的人大抵是买不起书的。于是，大学校门口东边的夜市书摊就成了我们经常光顾的落脚点。那儿的书极破旧，并布满飞尘，甚至还散发出阵阵霉味,价格也便宜至极。但依然是看的人多,买的人少。几小时蹲在那儿,腰麻酥酥的,体软绵绵的,需要不停地调整姿势才能持续,但心却是舒畅畅的。此情此景,想得多了,便不免要生出几分伤感。我知道:进入社会后,这样的读书机会恐怕不多。

书要读,酒也要喝,这样才不失为真正的读书人的生活。文人永远是清贫的,不必饮人头马、XO,也不要茅台、五粮液,单米酒就够了。如李白、杜甫一般,清酒、浊酒一杯,呼朋唤友,三五日小饮一次,划拳行令,赋诗作文,其乐融融。

尽管烟酒不分家,但人们对烟的偏见往往太深了。酒是粮食的精华,而抽烟一支则能减少多少多少年的寿命。但读书人不管这些,仍然是一根接一根地抽,抽得昏天黑地。他们在袅袅烟雾中面对喧嚣尘事而静观人生。不急不躁,在孤寂与热闹中小事不辱,大事不惊,修成一副正直清高之身。不过,他们抽的永远是上不了档次的劣质烟,由于嗜烟如命,他们才舍不得买了烟去巴结别人。他们又是无名小卒,自然也没人买了烟来孝敬他们,但烟从何来,丝毫不影响他们的心情。心中有书才能气自华,心中有超脱才能世事练达,也只有这种境界才能彰显出一种与众不同的心态。

(《星期天》1997 年 8 月 30 日)

逛　街

　　城里不像乡下,到处有休闲的地方,除了进公园就是逛。但城里公园少,又花钱,逛街自然就成了我们放松心情的理想场所。

　　乡下人往往羡慕城里的街很宽很热闹,宽倒不一定,而这种热闹我是害怕至极的。这些年也怪,好像大街上到处都能做生意,今天这儿冒出一个连锁店,明天那儿也不甘示弱地冒出一个商场。开业庆典,自然少不了热闹,锣鼓唢呐,竞相争鸣;南腔北调,人声鼎沸。房子越盖越多,越盖越高,人也越来越挤。偏偏有的商家又生财有道,365日天天"跳楼"、"放血"清仓、赔本,这些东西把人搞得眼花缭乱,本不丰腴的兜顿时瘪了,取而代之的是或多或少或真或假的大包小包的物品。人往往是趋利而行,在此最能见一斑,而往往为了利又上当受骗,金项链眨眼就变成了铜项链,牛皮鞋原是牛皮纸鞋……当你被热闹人潮牵扯着走的时候,你往往就改变了那种为摆脱名利而逛街的初衷啊!

　　在我们这个经济还不太发达的国家,小车往往是身份和地位的标志。能开上街的车都开到街上来了,它们的主人或是显赫名流,或是权极一时,或是富婆大亨,总之它们有恃无恐,很霸道地停在该以脚代步的地方,而且愈演愈烈,把我等无权无钱的布衣均赶到路中央去了。人车争道,令人心疼,一不小心就成了轮下冤鬼。

每每看到那些呼啸而来的车流,我胆战心惊,在一阵冷汗中发誓:下次再也不逛街了。

不过,话又说回来,街还是要上的。比如陪妻子买衣,比如陪朋友吃饭,比如为了公务的需要……近些年,好多城市都建了过街天桥,这本是件利国利民的好事,可这儿也什么都有:蓬头垢面的乞丐赤着身子在阳光下津津有味地逮虱子,算卦看相的一拨儿一拨儿疯狂地抢地盘、押花牌的明目张胆诈人钱财,还有个七八岁的女孩拿着房术秘事之类的书向行人兜售,诸如此类的事决非骇人听闻。

平心而论,这些现象并不是某个城市某条街的"专利",也不是街的存在就必然有这些因素,更不是由此就得出逛街会怎么样或要怎么样。只是在逛街的时候要有所动和有所不动,有了这份感觉,相信离我们称心如意逛街的日子就不远了。

(《消费者导报》1998 年 2 月 7 日)

硬　币

硬币一直是我脑海中遥远、深刻而生动的记忆。

小时候,我见过的纸币最大面值是 5 元或 10 元,更多则是 1 分、2 分、5 分的镍币,就是这些"钢镚儿"曾引起我们多少向往与羡慕。有了几枚硬币的小孩往往就沉不住气,不时把手抄在兜里翻来覆去地玩弄一番,有时还故意在伙伴前跑来跑去,颠来倒去的硬币就"叮叮当当"地响个没完没了,以现在的眼光来看,无疑是贫穷的声音、抗争的声音,但那时在我们心里几枚小小的硬币就是财富的象征与代表。

那时,1 分硬币可以买 10 根绣花针,2 分硬币可买一块橡皮、一盒火柴,5 分硬币就是 1 斤盐的价钱。因此不仅是小孩,就是大人也轻易舍不得花掉那几枚硬币。我们最期盼的就是村里唱戏或放电影,这是村里的大事,如过节般隆重,大人们的心情也格外好,破例会赏给小孩子几个硬币,小孩便欢呼雀跃着买一个烧饼或一根麻花、一个梅子。

有次母亲拿 8 分钱,让我去打 1 斤酱油,当看到那些花花绿绿的水果糖时,我的馋劲又上来了,用 3 分钱买了 6 颗糖,只打了 5 分钱的酱油。望着空一截的酱油瓶,我灵机一动,灌了一些凉水。这淡淡的酱油竟让母亲唉声叹气了几天,说白费了钱。我吃在嘴里的糖顿时无滋无味了。

那时村里有个代销点,收购剖篾的竹子,极严格,要求小拇指般大,一米五以上,去枝叶,而每斤仅2分钱,但人们仍趋之若鹜。但这种竹子喜阴背阳,大多生长在荆棘丛生的地方,人要猫腰钻进刺丛中才能采割出来。父亲用刀把这些竹子剖成篾,我和弟弟则在母亲的带领下,在火炉旁用篾编织长2米、宽1.5米一块的煤折,据说是运到煤矿拉煤用,一块煤折代销点的收购价为0.15元,一人平均每晚可编10个煤折子,因编煤折子,整个冬天我们的手指都被篾磨得伤痕累累,一道道口子纵横。当我和头顶枯叶败草的母亲气喘吁吁地把几十斤重的竹子背到代销点时,已累得腰都直不起来。当她接过那几张毛毛票时,不小心有个硬币掉到了地上,朝前滚呀滚,母亲像怕它跑了似的,赶快追去。捡起来后,放到嘴边吹了又吹,那时太阳的光芒正罩在她布满皱纹的脸上,脸上满是汗水和被荆棘划破的伤口。

现在很难再见到那些几分面值的硬币,只有1角、5角和1元的硬币还偶尔在市场流通,主要是乘公交或打市内电话。看惯了、摸惯了"老人头"的眼和手对硬币是不屑一顾的。如果谁还为几分钱计较,不是被视为神经有毛病,就是被看作铁公鸡。在一个旅游区,许多人抓起一把把的硬币在水上打漂漂,明净的池底静静地躺着厚厚一层硬币,而且他们还乐此不疲,完了又用纸币去换,有大人也有小孩。

那个时代我们看重硬币是因为我们贫穷,但现在我们漠视硬币并不见得我们就多么富裕。任何一种对金钱的不尊重和践踏想必也是无视自身价值的存在吧!

(《消费者导报》1998年5月16日)

感受圣诞节

我已忘了是从什么时候知道有圣诞节的,但在记忆中那一直似乎是个很遥远的节日。只有些许思考的片断在闪现。

圣诞节在每年公历 12 月 25 日,是基督教徒纪念耶稣诞辰的一个重大节日。在欧美许多国家,教会从 24 日晚就开始隆重庆祝活动,举行大型音乐会,演唱歌颂耶稣救世精神的圣经《弥赛亚》。有的还组织圣诗班挨门挨户地连夜去唱圣诞歌,谓之"报佳音"。"报佳音"的人在一家门口或窗下唱完圣诗,被请进主人家里品尝茶点,然后跟主人一起到第二家去唱。因此,"报佳音"的人会越来越多,歌声也越来越嘹亮。这个活动往往进行一个通宵。当然,圣诞节在西方如此隆重的状况我是无从目睹的,唯有从有限的文字记载中去揣摩那里的人是在进行怎样的一种狂热和崇拜。

对圣诞节有具体感受的倒是在近两年。

去年我还在大学,圣诞前夜,即 24 日晚,同舍 8 人突发兴致,相约去教堂观平安夜。尽管已是 10 点多钟,外面的寒风呼啦啦地刮着,我们一路高歌,步行 4 公里多路来到南郊一座有名的教堂。当看到尖尖的屋顶在黑夜中时隐时现时,我们听到空中传来唱诗班整齐、优美的歌声,那声音竟然充满了魔力,使我们狂躁的心陡然平静下来。我们立即被震慑了,连粗气也不敢出,在一阵庄严肃穆声中,蹑手蹑脚地走近门口,尽管人把门都堵住了。但除了歌声和祈祷声,其他声音都停止了……此情此景下,我已不知是否真有上帝,也不知上帝真的能否看到他的子民在顶礼膜拜,但我敢肯定,在暂时的平安中,世上还有利益的争夺和同类的残杀,因而是背叛上帝意愿的。因为耶稣在与12门徒进行最后的晚餐时曾打水给他们洗脚,并说:"我给你们一条新命令,你们要彼此相爱……"

而今年,我已走出校门,在机关忙忙碌碌的工作中忽视了许多人情世故,觉得与外界似乎隔离,就连季节的更替也变得木然了。在不经意间漫步街头,突然发现大街小巷的玻璃门上不知什么时候贴上了白胡子的圣诞老头,在他慈祥的目光下有用中英文交替写着的"圣诞快乐(Merry Christmas)",商店门口的圣诞树,或高或矮,礼物和灯泡在夜晚迸射出迷人的光彩。

我知道,在10年前、20年前,甚至更长的时间以前,我们的思想和行动都不会对圣诞节如此热衷,甚至还没有这个意识。那时我们处于一种急切的物质需要中,头脑中真正称得上节日的恐怕就是春节了。

现在,我欣慰地看到我们已从一种境界追求转换成另一种境界追求,用时髦的说法来评价是与"国际接轨",这不能不算作是一种文明进步的标志。在拥挤的人群里,满是一张张洋溢着欢笑的脸,鲜花和祝语给我们带来欢乐、幸福和希望。

瑞气在流动,真情在传递,让我们以上帝的名义起誓,再次牢记耶稣的语,"我给你们一条新命令,你们要彼此相爱……"

(《星期天》1999年1月9日)

西安典当扫描

说到典当,老人们也许并不陌生,他们自然会想起那高高的柜台和把算盘拨得"啪啪"作响的精明掌柜及那透过圆眼镜用一双狡黠的眼睛斜视的账房先生。最早的典当为南朝时寺庙所经营的当铺。尽管历代的名称不同,如有"质库""解库""大生库"等,但其性质和功能都是相同的,即受押物品(如衣服、首饰等)成交后,付以收据——即当票,标明所当物品及抵押品的价款,交押人收执。质押期为6个月到18个月不等。而老板付给顾客的款额仅占抵押品价值的30%左右,到期不赎者,老板有权将其物品自行处理。因此获利极高,不是走投无路者是不会进当铺的,这种高利贷盘剥具有巧取豪夺的行业弊端。

随着市场经济的进一步深入发展,到80年代中期,"典当"这个古老的行业再次"粉墨登场",先后在北京、上海、天津、广州、西安等大中城市兴起,再次成为人们议论的热闹话题。1995年10月8日,中国信托贸易行业协会典当委员会在西安正式宣布成立,标志着典当行业开始步入正轨。据资料表明全国现有典当铺5000多家,其中50%为国营商业和供销系统所办。

西安这个历史文化古城,近几年发展起来的典当行有七八家。时代赋予了典当业以新的形式和内容,为了进一步加深了解,记者近日走访了西安几家主要当铺。

西安的当铺多以国营为主,同时也存在私营与合资经营形式。其方式还是沿袭旧制,采取双方签约、违期拍卖的形式。地处东木头市的"广源"典当行是一家小小的经营所,据经营者蔺先生说,由于地理条件不理想,开业不到两个月就面临倒闭。他还告诉记者,他的典当行是由一家银行资助开办的。作为代理人,他对当铺的有关知识也知之甚少,当初瞄准的是典当利息高,有物品抵押,风险又小,又能赚钱。他所经营的小到身份证、驾驶证之类的证件,大到如房屋、家具、车辆及其他设备。押期也不会很长,只求暂时渡过难关。当然这是一种不体面且"很背"的事,因此当铺还有为顾客保密的职能。

蔺先生指着当铺里一辆崭新的山地车说,当时是以350元当进的,已超期一个多月了,按规定他有权拍卖。当问及如果要是赃物怎么办?他说,当铺所收取的物品是要有证明的,至少要有本人的身份证,他还介绍,如果顾客有贵重物品,也可存放在当铺,按期收保管费,损失赔偿,因此它还有保险的职能。

而位于书院门内的"恒信"则是一家经济实力雄厚,很有气派的典当公司,主要经营房地产及车辆,其中一位负责人在接受采访时说:"恒信"隶属于中国人民银行,许多问题都会涉及金融机密,只能表示遗憾。这就更给典当蒙上了一层神秘的面纱。

那么群众又是怎样看待典当的呢?在书院门,一位不愿透露姓名的先生不无忧虑地说:"'当',乃上当也,说白了就是一种高利贷行为,只不过是为合法的外衣所掩盖,万万不可让其滋长。"而另外一位进过当铺的人却颇有见解地讲:"从个人角度来讲,当铺就在应急、方便群众方面发挥了作用,特别是银行贷不到款,而又缺少资金流通时,无异于雪中送炭。"还有许多市民则露出惊讶的神情:"当铺？这年头还有,新鲜!"

典当,作为一种特殊的社会服务行业,从绝对时间上来讲,有十分古老的历史,而相对于改革开放这几年来,则是相当年轻的,经历一个再诞生的过程。用经济学的眼光来看,在我国一些大中城市的兴起也存在一定的合理性,有促进经济发展,使社会上的闲散资金变得流通起来的功能,同时也便利了群众;但是也存在着一些问题,如一些以银行作为后台的典当行,一方面把一部分用于银行贷款资金,而另一部分却用于借助典当业而收取的高利息基金,在一定程度上这无疑减少了银行的年贷款总额。同时还存在典当利息过高的弊端,当铺在以后的市场中,如何定位、如何更好地发挥在市场经济下搞活流通资金的作用,这只有用时间来检验。

(《企业信息报》1996年11月12日)

一份珍藏的记忆
——冯有源与《平凹的佛手》

有这么一个众所周知的故事：春秋战国时，晋国上大夫俞伯牙是位弹琴高手。一次，他出差至汉阳江口适逢中秋之夜，遂焚香弹琴，不想有位叫钟子期的樵夫却对其弹之曲侃侃而谈，一一道来。俞伯牙喜遇知音，不论贵贱结拜为兄弟，并约来年中秋到此地看望钟子期。而钟子期却于第二年染疾身亡，俞伯牙因痛失知音，在汉阳祭石台割弦摔琴，不复弹琴。

虽是老生常谈的故事，我每读一次，每想一次，都多了一份感慨。那时人心之古达何种程度，我无从考证。但那种至死相交的知音精神却不能不令我叹为观止。在文明程度越来越高、商品经济越来越发达的今天，我们自然可以得到许多古代可遇而不可求的东西，同时也有些东西慢慢地疏远了我们。其中最可悲的是打上了"物化"印记的友谊。尽管我们也知道：人生得一知己，足矣。但在滚滚红尘中，我们看不清周围的朋友谁为名而来，谁为利而来，谁为权而来；我们也看得清周围的朋友谁为名来，谁为利来，谁为权来。这时，剩下的仅是悲哀与寂寞了。因此，我倍加怀念那种古朴的友谊，推崇那种不因时间、世事而更迭的友情，更钦佩那种声气相求的知音。

于是，我读冯有源先生的《平凹的佛手》，不仅仅是一次、两次。

平凹先生作为蜚声海内外的著名作家，写他的人很多，可写的事也很多。方方面面的文章我读过一些，别人也读过。有的甚至是"绝密"级的隐私。但总的感觉是，写这些东西的未必如他们在文中所称的那样，是平凹先生的亲密、知心朋友。多半是道听途说，捕风捉影，拉起名人大旗作虎皮，捞几文稿费而已。此行为令朋友及君子所不齿也。而冯有源先生不一样。他和平凹先生既是商州同乡又是大学同学、文学朋友，相交相往已有20多个春秋，是那种知根知底、习性相近、声气相求的知音朋友。十年河东，十年河西。经过聚散分离后，最终住进了同一个门洞，不能不说是朋友间的情谊、缘分所赐。尽管两人的人生轨迹后来不同，一为知名作家，著作等身；一为大学教授，不断把自己的文学梦传递给莘莘学子，桃李满天下。尽管如此，在文学的道路上，他们互相鼓励，彼此为对方的成绩高兴，友谊不断，友情日趋深厚，因此就有了这份几十年来对朋友往来珍藏的记忆——《平凹的佛手》。

攥在《平凹的佛手》里的是4章68篇文章，其文组合既浑然一体，又可分散天马行空。有源先生用散文的平淡、朴实把一位著名作家的艰苦奋斗及蒸蒸日上的文学成就的真实性展现在今人及后人眼前。我认为：这对于大家不仅是启迪，更是激励，不仅是文学事业，其他事业也必不可少这种奋斗及持之以恒的精神。当然，在思考之余，让我回味无穷的是作为大作家，平凹先生平常的一面。他对朋友是真心、热心，也是天真、纯朴甚至是童心。他替朋友的儿子毕业找工作，他替盖房的朋友借钱……

他与有源先生谈文品石,好得能穿一条裤子,可又把几毛钱也算得清清楚楚,显示着朋友之交淡如水的君子古风,这是可交的朋友,也是长久的朋友。同时,他也有一种无奈。那是长期浸淫在文学艺术中的"后遗症"——与世俗不合拍,为名所累的无奈,对无赖的无奈。

这一切,作为朋友的有源先生是理解与同情的,也是钦佩的,为朋友的文学才华及为人而高兴,把一切祝福都寄托在"佛手"之上,于是就有了这本关于"佛手"的文字。

(《西安建设报》2002年2月25日)

《平凹的艺术》的艺术

　　作家的魅力是什么？是其独特的经历及生存环境吗？是其具有魔力的语言吗？是其作品展示的曲折情节吗？是其为人推崇的人格吗？这一切或许都是，或许都不是。窃以为，上述因素千丝万缕的联系及其整体的综合就构成了作家的艺术魅力。

　　平凹先生的作品曾震撼了国内外无数的读者，在贾氏周围有大批执着的追随者和研究者。其中不乏仁者、智者。仁者见山，智者见水。看过他们的一些文字，觉得贾氏是个"百家争鸣"的人物，吾辈浅陋，如坠云里雾里。1998年9月，上海人民出版社出版的《〈平凹的艺术〉创作问答例话》就在此有所突破。冯有源教授让我看到了一个著名的作家真正的艺术价值。一晃三个年头过去了，今天看来仍意犹未尽，爱不释手。

　　冯有源教授的《平凹的艺术》应是其《平凹的佛手》的延伸与升华。我私自认为，无论从艺术、从学术的角度讲，它都超过了《平凹的佛手》。如果说《平凹的佛手》是用传记的笔法，粗线条的方式勾勒了平凹先生从苦涩的童年步入辉煌的中年的艰难创作历程；从身世、家庭、性格、交往、情趣、嗜好、创作、意境等方面揭示了造就一个著名作家的多种因素及这种大家风范形成的原因。那么，《平凹的艺术》则用了"庖丁解牛"的娴熟与细致，从艺术的本质着手,切中肯綮,生动而深刻地剖析了其精神实质。显然,作家的"精神实质"就是作品。而平凹先生的作品逾千百万言,何其之多!作者用种耳目一新的形式——问答例话,就轻轻化解了其中的矛盾。正如有源先生所言:"因为我正在写平凹,将平凹的书和有关平凹的文学创作的书几乎全拿来看了,还没有一本范文赏析的集子出来,更没有一本结合平凹的创作经验而配以平凹的文章的书面世。至此,我便萌生了一个念头:等《平凹的佛手》出版后,我再写一本《平凹的艺术》,用问答例话的形式来谈平凹的创作。"

冯有源教授在20多年的文学创作及给大学本科生、研究生教授创作课的过程中积累了丰富的创作经验及创作理论。因此,他在《平凹的艺术》中,向平凹先生所提的42个文学创作问题不仅全面、简洁而且生动、深刻。从作家的自身修养、作家的创作源泉、作家的文化苦旅及作家的成长之路到涵盖文学的为文做人之道、学识准备、人物观察及人物结构、创作情感、语言特色等方方面面。然后根据问答仔细推敲、琢磨,为先生选择平凹对号入座的文章。所选文章既有小说、散文,也有随笔、评论。在这项艰辛、浩大的工作中,冯有源教授为每篇例文写了风格平易近人、眼光高屋建瓴、视角独特的评论,即漫话。其文体现了作者深厚的文学功底及渊博的学识。我常常沉浸在这种旁征博引、汪洋恣肆的语言中,为之倾倒、赞叹、钦佩。我相信其他读者也如我一样将会受益无穷。

我更感动于教授严谨的治学态度及其对平凹先生20多年来的友情负责,对读者诸君负责的精神,因而情不自禁地写下了这段"艺术"的门外话,真乃罪过,罪过。

(《教师报》2002年3月10日)

城市边缘的足迹
——评《关中乡梦》《西安往事》

《关中乡梦》《西安往事》两本选集一为农村题材作品,一为城市题材作品,这是许遐志先生为文20余年的历程记载,1999年底由太白文艺出版社出版。纵览全书,没有光怪陆离的情节,没有"发人深省"的豪言壮语,没有行云流水般的质丽语感,更没有"深化"的主题。但就文章而言,并不显得苍白与单薄。它照样引人入胜,使浮躁的心在此趋于平静并得到憩息。它的魅力在于,语言的古朴、情节的平淡及20余年来一贯保持的这种文风,使人有切肤之痛的真实感。这是流行文字所不具有,也永远不能达到的那种感觉。现在还有谁能与一位朋友敞开心扉、真实地交谈呢?

一个真正意义上的作家,他永远都有无穷的矛盾纠缠着,而割裂这张网的时候便是文字释放的时候。许遐志先生也不例外。在他的血脉中,城市与乡村情绪无时无刻不交织在一起吞噬着他。尽管他现在是一个名副其实的都市人,但由于有上山下乡的知青经历,由于有记者职业作为纽带把他与农村紧紧连在一起,他就不可能,也不能不紧密注视着深深烙在脑海中的关中乡村。而这种关注,用一种城市人的眼光来看也许更真实,更意味深长,因为他超出了完全意义上农民的那种"当局者迷"的困境。所以,他对人物的性格与命运把握是较准确的,在他们身上有着些许期盼与希望。

在社会变革中,农村个人的命运与时代的脉搏血肉相连,同时,他们又是生活在社会底层的人,如何用独特的视角写出其中的人性,是许多作家孜孜追求的目标与理想。《关中乡梦》中不同篇幅记叙的农民生活有近一个世纪的时间跨度,在漫长的岁月长河中,等待他们的是几起几落的命运及力求改变自身面貌不屈的斗争。《江湖郎中》如此,《乡梦》如此,《沣河湾》等亦如此。

　　特别是改革开放以来,古老、沉睡的村庄在复苏的同时,也开始面对外界形形色色的诱惑。在急功近利的心态驱使下,《乡梦》中的许天田、《沣河湾》中的白乡贵因走激进的路子发财致富,最终不可避免地失败了。作者在深刻剖析他们失败的根由时,也把他们人生中最朴素、最善良的东西展现在人们眼前。我想:这或许是这群农村汉子最基本的人生信念吧。

　　正因为农村与城市情结纠缠不清地交错在一起,在其城市题材作品集《西安往事》中,他写的大多是生活在都市中的普通老百姓的人情冷暖、悲欢离合。这倒符合用一个农村人的眼光来看待这座城市。在此,他完全抛弃了囿于城市人的名片和包袱。对于一座城市而言,它的成分往往是复杂的,无论是形式,还是内容。因此,在诸多复杂的东西中来撷取反映城市生活的题材绝非易事。对一个城市边缘人而言,他却恰到好处地把某些熟视无睹的东西变成了一种敏锐的视角,因此,他选择了最易被人忽视的城市平民生活。

　　城市平民生活虽平淡无奇,却是城市最忠实的历史见证。在平淡无奇的生活中,无不透露着人间的风云变幻、社会的世态炎凉、人世的七情六欲,充满着温暖和挚爱,充满着对人性、人情的温馨,反映了改革后城市人的观念变化。这种"尺水兴波"的手法也许正是大智若愚的高明之处。

(《西安建设报》2001 年 12 月 5 日)

活着的人和人活着
——读余华的《活着》

现在讨论有关《活着》的话题似乎秋行夏令,但对我而言却是老调新弹。

《活着》发表于1993年,我第一次读到它时已是2006年,时间超越了人生的一个轮回。13年前,我还是一个为赋诗词强说愁、不谙世事的毛头小伙,今天的我拖家带口,多少对生活、对人生有了些许感悟,因而庆幸第一次照面就有较深的印象。第一次读《活着》,也就第一次认识了余华。感觉这是一位有思想、有才华、有追求的作家,真是细致、深刻到牙齿缝了,使人自然想起曾是职业牙医的余华。

观察活着的人是作家创作的源泉,思考人为什么活着是作品永恒的主题。对人的把握程度和叙述的方式,不仅决定了作品的高下,而且彰显了作家素养的优劣。

从人本主义的角度出发,芸芸众生都应是平等的。每个人都有活着的权利、选择生活方式和实现人生价值的权利,但遗憾的是,在文明程度和民主进程都较低的社会,由于种种原因,总有许许多多的人失去了这种权利和活着的勇气。是逃避还是抗争?取决于作家的创作态度和价值取向。在快餐文化和为"钱"途着想盛行的今天,一个作家如果没有良知和道义,一个作家如果不能甘于寂寞坐冷板凳,就不会静下心来思考一些关于生活和生命价值的命题,就不会写出贴近现实和生活的作品来。作为精神引路人的作家,读者更多的是希望能读到有力量、有分量,能振奋人心、能在绝望中激发人生存、生活下来勇气的文章。当然,大多数作家都有这样的理想,并以此当作自己毕生的追求,努力经营着自己的精神家园,让更多"游人"能看到百花满园的勃勃生机。"文章千古事,悠悠寸心知。"我们不敢奢望所有的文章都能成为万世之作,成为悬壶济世的良药,但起码也不希望成为精神垃圾而污染"环境"。在各种为名为利的炒作中,一向甘于清贫、寂寞的文学也未能免俗。热衷于媚俗倒罢,可那些类似写真集般的身体写作应该谨慎了。自己裸奔不要紧,还非要拽着别人都来看,这已超出了闹剧的游戏规则,是精神与道德的双重问题,尤其对青少年简直是毒害。在今年柳青诞辰九十周年之际,我想起了这位作家语重心长的箴言:"人生之路虽然漫长,但紧要处只有几步,我们千万不能在青少年刚起步的时候就让他们跨错了步子!"这是我们共同的责任。

且慢,还是先回到《活着》上来。

《活着》据说是余华在听到一首美国黑人民歌后所写的长篇小说。这是一部中国式的《老人与海》的故事,讲述了一个叫福贵的老人大起大落的人生经历。福贵年轻时是富家少爷,沉湎于嫖赌逍遥,过着风流快活的日子。后来在别人设的局中输掉了全部家产,结庐安家,老父被气死,对其百依百顺、怀有身孕的妻子家珍也被岳父——米店老板接回娘家,留下一个乖巧的女儿凤霞,这位浪荡子最终过起了佃农生活。两年后,妻子携儿有庆回到了洗心革面的福贵身边,就在可以喘口气、一家人憧憬团聚的幸福生活时,不幸开始降临,他在一次赶集中被国民党军队抓了壮丁。当他九死一生回到家时,已物是人非。老母去世,女儿因病成了聋哑人。随后不幸接踵而来,频繁光顾他。儿子在献血中死去,爱妻病逝女儿难产,女婿二喜因工死去,可爱的小外孙苦根则吃豆撑死了。遭受了一连串的变故和打击后,福贵也慢慢变老,唯一不变的是支撑活下去的信念。

  文章线索并不复杂,围绕福贵一家人的生活命运展开,时间跨度大,但叙述简洁,语言干净、利落,纯故事式的小说。读后有一种强烈的力量冲击人的胸膛。这就是中国过去和现在的历史,这就是中国千百万个家庭,特别是农民家庭忍辱负重、百折不挠地与命运抗争、顽强生活的一个缩影,是一曲讴歌命运、礼赞生命的优美旋律。在任何困难面前,你可以徘徊、灰心、失望,但绝不可绝望;在跌倒的时候有勇气将你拉起来,有信念推着你朝前跑;在痛苦的时候,你可以呐喊、高歌、放纵,但绝不可沉沦;也许你活在平庸的生活中,但你活着绝不是为了平庸。不幸可以改变你的生活、摧垮你的身体,甚至剥夺你的生命,但永远左右不了你的精神与意志。

  就此而言,它对当代青少年的现实意义就更为丰富和深远。独生子女的娇弱、蛮横、暴戾、自私和对生命的自弃、对生活的无序等等,不仅是个困扰父母的头疼问题,同时也是个严重的社会问题。他们往往以自我为中心,经受不起任何挫折和打击,遇到困难就逃避或躲藏,甚至为丁点小事也寻死觅活。要改善和改变这种现象,就要提高他们对生命和生活的看法,增强忍耐力和抗击力。"好死不如赖活着"不仅仅是阿Q式的精神胜利法,更可贵的是一种难得的生活态度。好好活着，努力挖掘生命的内涵吧。

人啊，只要有生命在，在任何时候都可以含着眼泪微笑地活着。

(《教师报》2006 年 8 月 2 日)

"己所不欲,勿施于人"
——答《散文的贫困》

细细品味《散文的贫困》,我冒昧将其观点归纳如下:

"散文是平庸生活的呼吸",还从内容到形式都是平庸。所以托物言志,借物抒情之类皆为"无病呻吟"。因这种"哎哟"极易做到,故名家在晚年便开始"伤感"起来,且谬种流传,培养出大批"遗少"。更可怕的是,作家在作散文时"信手拈来,吃喝拉撒睡"皆成文章……

对散文我知之甚少,不敢妄言诳语。但至少有一点我可认准:真正的散文批评家,首先是散文大家或高手,而非空头理论家。钱锺书、唐德刚、余光中、林清玄,之所以对散文理论与批评皆有独到的妙论,大概和他们本身都是出色的散文家分不开吧。散文创作之冷暖、甘苦,他们悉理于心,若升华为理论,便呼之即出。对于空头理论家们,那真是硬逼着公鸡下蛋呵。

因此,我觉得《散文的贫困》中观点有商榷之处。

散文是生活的反映,生活丰富多彩,散文亦丰富多彩。豪情壮志是生活,可以入散文;"吃喝拉撒睡"也是生活,也可以入散文,只要写得巧,写得妙,写出了生活的真味,便是好文佳作。在人生中,多的不只是空洞的豪言壮语,而是冷静的思索,"大跃进"便是惨痛的教训。散文主要是陶冶性情,若一味追求所谓"蓬勃向上",那么从《诗经》《楚辞》到现在的文学作品,那十之八九都会被批评。

至于说"散文乃老年"文体,巴金、茅盾、鲁迅、沈从文等年轻之时就既经营小说也操作散文。徐志摩、郁达夫、冰心年轻时都是名噪一时的散文大家。一些名家晚年写散文,一是因为小说创作规模相对宏大,长期的小说创作难免会使人心有余而力不足;二是散文创作本身乃是长期积累的过程,散文的发达亦是一个渐进的过程。

我们的文艺方针主张百花齐放。风花雪月是阴柔之美,金戈铁马是阳刚之美。对于校园而言,"伤感主义"的扭转需要一个过程,"学、识、情"的培养也需要一段时间。

要评价某物,须先做一番了解。"梦"(《朦胧破碎的梦》)是影评,"雾"(《白雾》)是小说,"风"(《风》)是诗歌,可见只看题目感觉不一定正确。连读都不曾读,又怎言"看不懂"?"文化大革命"期间,红卫兵从某家搜出《蝶恋花》唱片,便斥为资产阶级。主人辩解此乃毛主席之词,答曰:"主席会赏此靡靡之音?"再如,从题目上判断,《春江花月夜》《西湖七月半》亦应打入冷宫。《惠风》报名也充满香软气息……散文《一株水仙的命运》颇有生活情趣,曾得到了文学院师生首肯。

"己所不欲,勿施于人。"不喜欢散文可以作小说、诗歌……不用勉强。如果硬要将散文套上框架该如此如此,不须某某指手画脚一番,这样散文就不走向"贫困"吗?

(《惠风》1996 年 6 月 10 日)

挺直腰做人
——看《中国可以说不》

尽管现在的文化圈中今天流行这,明天流行那,并且书籍的种类也琳琅满目,异彩纷呈。可真正能够比较客观地反映时代变革后民族情绪高涨的作品不多,而能够在大学生中广泛流传,并在校园产生"轰动效应"的,恐怕就更少了。《中国可以说不》就是令当代大学生刮目相看的少数几部书之一。

稍微关注一下书市动态的人都知道,《中国可以说不》是去年秋季以来最畅销的作品之一。据调查,单是高校就有90%的人读过,一段时期,在大学校园里《中国可以说不》成了热门话题,毫不比谈论当年的"苏联解体""海湾战争"逊色。而在我的宿舍里,四本《中国可以说不》还得"三班倒",不仅吃饭时书得不到休息,就是熄灯了,也还有人在秉烛夜读,可见这是一部好书。

《中国可以说不》引人注目,靠的不是奇、巧。作者开宗明义地提出了"冷战后时代的政治与情感抉择的走向"问题,旁敲侧击地拷问某些国民苍白与软弱的灵魂:怎样才能算一个堂堂正正的人?面对现实,尽管我们的国家现在经济、科技还不发达,还有周边关系的紧张局势,还有某些国家颠倒黑白,胡搅蛮缠的无理取闹,但我们的民族曾是个饱经忧患,自强不息,充满希望的民族。通过详尽的史实,作者旁征博引,酣畅淋漓地驳斥了美国在世界上大搞军事干预、经济制裁、人权外交等种种劣迹,并且国内人均负债2万美元,种族歧视、吸毒、强奸、抢劫行为不断上升。因此这个貌似强大,"只许州官放火,不许百姓点灯"的山姆大叔实则已病入膏肓,它"谁也领导不了,只能领导自己"。而日本则是典型的忘恩负义之徒,它不仅不思其在侵华战争中犯下的滔天大罪,不仅不思中国人民对其的宽恕与原谅甚至帮战俘抚养后代,反而参拜靖国神社,纪念侵略者,并在钓鱼岛挑起事端。日本在贸易中把一流商品输送美国,二流商品自己用,三流商品扔给中国。为了在联合国谋得一个席位,乐颠颠地跟在美国后面……告诫日本不要忘前事之师,重蹈覆辙,作者一针见血地指出:"日本谁也领导不了,有时日本连自己都无法领导。"

因此,本书实际是一份中华民族的正义宣言,号召国民勇敢地站起来说"不",挺直腰做一个完完整整的人。我想:这或许是它赢得广大读者崇敬的主要原因。正如在研讨会上一位朋友所言:"好久没读这样振奋人心,铿锵有力的作品了。"

事实也证明,尤其在商品经济社会中,"挺直腰做人"是件不易也是件刻不容缓的事。

尽管笔者在高校深居简出,还是在最近听到了两件震惊"朝野"的大事。其一,在珠海开工厂的韩国老板金凤仙,强迫中国工人下跪。而不为每月1300元工资所动、宁可失业也要维护国格、人格尊严的只有一个名叫孙天帅的河南小伙。其二,天津一家中日合资的电脑公司,竟然制造了大量歪曲历史、颂扬军国主义精神的《提督的决断》。据说,到目前为止,签名上书辞职的也只有7名有血性的中国人……

泱泱华夏子民，在外国人的蝇头小利面前怎么就得了软骨病？我们对得起47年前天安门城楼上的"中国人民从此站起来了"的那声呐喊么？

中国，古代有"志士不饮盗泉之水，廉者不受嗟来之食"，现代有朱自清宁可饿死不吃美国救济粮，说的都是做人的骨气。不给外国人下跪，不到外国人的工厂做工，不外乎少拿点钱，饿几天肚子，但我们捍卫了民族尊严。只要致力于民族经济的发展，即使步子慢一点，发展的时间长一点，也没关系，我们涵养了自己民族的血脉，完善了民族经济的造血系统，汇聚了民族精神。只要有一股强大的民族凝聚力，就总会有追赶超越的那一天。

反之，今天下跪的是我们，明天下跪的可能就是我们的子孙！

(《星期天》1997年3月1日)

生活因梦更精彩

文学是社会永恒的主题,是人们永远的追求。它承载了人类向往文明、追求文明、发展文明的历程、欢笑与痛苦。它影响和改变了一代代人的命运,也赋予和成就了一代代人辉煌的梦想。

1994年秋,同许多做着文学梦的少男少女一样,李友从河南来到西北大学,成为最后一届作家班的学员,开始了他的寻梦之旅。那时李友还不到20岁。长长的头发,清瘦的脸庞,明亮而大的眼睛略显忧伤,性格内敛,做事不张扬,颇具海子、顾城的风采。当时诗歌方兴未艾,这种独特的诗人气质曾给我们这级中文系学生留下了极为深刻的印象。由此对李友关注、交往,终成好友,10年不绝。

诗是智者的语言、思想的结晶和历史的记录,是哲学化了的文学和文学化了的哲学。诗者更是精灵的化身,我常怀有一种敬畏之情,对李友亦如此。以前读李友的诗,空灵、飘逸,有一种很美的意境,引人入胜,我曾刻意模仿过,结果画虎不成反类犬。诗人李友对文学不仅有悟性,更有热情。有人说,诗人都是疯子。实质是对文学的执着追求精神和痴迷状态。无论社会的价值取向发生了怎样的变化,也不管周围的文友怎样改弦易辙,甚至"金盆洗手",李友始终不为所动,依然天真地沉浸在文学的梦幻中,营造自己的精神家园。因为有梦,他安贫乐道;因为有梦,他精神富有;因为有梦,他生活精彩;因为有梦,他快乐着。把全部的热情投入文学活动中去,似乎有释放不完的能量。

他担任过《华夏文学》和《陕西中青年书画名家》的副主编,《西安建设报》记者、美术总监,创办过《文学新人》,这些报刊一如他的文章,格调清高、典雅大气。通过这个阵地,他扶持和结交了一批文学新人,推出了一批书画名家,在文艺圈和社会上引起了不小的震动。他热情,更勤奋。寒来暑往,他骑着那辆叮当响的自行车,穿梭于城南城北、城里城外,写下了大量的人物专访和文艺评论。其中有对著名编剧延艺云,作家耿翔、陈长吟、冯积岐,书画家骞国政、孙光、杨天忍、张德勇、范崇岷、雷龙璋、汪葵玉等大家的创作介绍和批评。用深厚的理论知识、翔实的第一手资料揭示了他们许多鲜为人知的深层东西,对研究者和读者都有很大的启示。为写好这些文章,他对文本对象逐一采访,静心潜读了三年多的理论书籍,记下了 10 多万字的笔记。在快餐文化盛行的今天,这种创作态度和敬业精神都是少有的。同时,他还有新的收获。记得前几年,有几次晚上打电话问其忙啥,他说写字哩。我当时不以为然。没想到他忙里偷闲练就了书法,屡获大奖,成为专业书法家协会的常务理事,我也跟风珍藏了几幅他的墨宝。现在每当两岁多的儿子吵着要写字时,我第一个想到的就是李友,对儿子说:"到时让李叔叔教你。"

光阴荏苒,一伸手一抬腿,10 年过去了。2004 年,李友供职的报刊相继停办,他不得不转行,暂时在一个行业办公室替农民工申讨工资。按理,这种替天行道的事本不该搁在一个瘦弱书生的肩上,他还遭受着另一个精神打击,个人感情也出现了裂痕。但这丝毫没有影响他喷涌而出的创作激情。一年之后,即 2005 年 6 月,他的散文随笔集《人行丛林》由作家出版社出版。收到赠书的时候,我一眼就被朴素淡雅的封面深深吸引。几棵遒劲的松树上方是作者漫画式的头像,深邃的目光穿越时空望向远方,正好与罗伯特·弗洛斯特的诗遥相呼应:"我这个过客久久徘徊/极目望去/一条路在远方/蜿蜒地进入丛林榛芜……"这是李友的追求和心境的真实写照。

这年恰好是我第一篇习作发表的第 10 个年头,这本文集带给我的不仅是震撼,更是惭愧。

10 年前,我疯狂地迷上了文学创作,也写过一些为赋诗词强说愁的东西。毕业后,更换了几家单位,深感百无一用是书生,创作的激情也就日渐淡化,最后彻底灰心。在这方面,李友为我树立了很好的榜样,用自己的行动诠释了一种理想的生存状态和生命意义。他给我的鼓励也是难以言状的。这些年,他经手的报刊都或寄或送给我,并用约稿的方式"逼迫"我不时动动笔,不至于完全沉沦下去。多多少少使我能重新燃起一点点信心的火花。

岁月不居,天道酬勤。2005 年除夕的前一天,李友又带给了我一份惊喜,他的诗集即将由中国文联出版社出版。更没想到的是,今年春节刚过,他就将打印好的诗稿交给我,并指定让我题跋。我既激动又犯难。朋友的情谊和信任我没有理由推却,我的学养和浅薄却使我一再退让。于诗,我是门外汉,在文艺界我更连无名小卒都称不上,作序、写跋这种大家、名家的事是不应轮上我的。况且李友在文学圈人缘、口碑极佳,这也不是难事。但还有什么比这种信任更让人感动的事呢?我硬着头皮应承下来,迫不及待地翻动诗稿。

读着,读着,我诧异起来,这位外表文弱的兄弟竟有如此敏锐、洞悉社会的犀利目光,竟有如此关注社会的责任和良知,没有风花雪月的无病呻吟,有的只是无穷无尽的忧愤。"努力摆脱贫穷落后的包袱／舍家带口／一步步走向梦想的现实／羞涩的钱囊／梦想体面的衣裳／纯朴的思想／摘下落后的帽子／为生活增加色彩／四季奔波劳作／勤劳的汗水／浇灌一座座水泥森林／站起来的城市／弥留我自豪的身影……／是谁欺骗了我善良的眼睛／是谁愚弄了我纯朴的心灵／辛勤的汗水付诸东流／小小的梦想化成泡影／本属于我干净的钱币／为什么留在狡诈人手里／"《农民工》(组诗)。还有"不要把我捧得太高／我会摔得更重／既然想让我成为栋梁／就应该给我多补补钙／给我穿上艺术的衣裳／贴上环保的标签"《高楼大厦》。从此,我又认识了另一个层面真实的李友。

文章憎命达。文学的事业是清贫而艰辛的,需要有十年磨一剑的勇气和毅力。在读者分享了诗文的精神大餐之后,我更乐意把我所知道的李友介绍给那些正在和即将做着文学梦的读者,因而说了许多跋外话,好在延艺云教授在序中已有精彩的引导,我总算可以就此交差了。

(《梦想的天堂》中国文联出版社 2006 年第 1 版)

球迷、球迷

我敢说除足球以外,再没有哪项运动能吸引这么多狂热而执着的观众;也没有哪项运动能把这么多不同民族、不同职业、不同年龄的人紧密联合在一起,并且还有个通用的、自豪而响亮的名字——球迷。

世界如此,中国亦如此。

什么是球迷?我们很难一口气说出个子丑寅卯来,一般而论,球迷就是上不了赛场而在观众席上摇旗呐喊,忙得不亦乐乎的编外球员。他们是一群热情胜过理智、没有年龄、地位之分,不拿工资的人。

什么是球迷?球迷是一些最容易形成民族凝聚力的人。尽管他们也知道踢球踢不出一个经济发达的现代化强国;也知道美国佬的球踢得很臭但仍能主宰世界;也知道每场赛事的胜败非"加油、加油"所能扭转乾坤,但是每到那个时候全国的球迷都不约而同地坐到了观众席上、电视机前,这并不是他们应尽的权利与义务,也不是党和国家的伟大号召。正因为如此,才充分体现了全民族团结、拼搏、奋发向上的精神面貌。

什么是球迷?球迷是心灵最容易受到伤害而又最容易调整过来,最能屈能伸的大丈夫。当中国足球再次与世界杯无缘时,球迷愤怒、悲伤、痛哭、骂球员、骂教练,甚至斩钉截铁地说,再也用不着数指头算日期了,赛前的期待与憧憬,赛时的惊心动魄都在赛后的惨败中化为一片乌有。话虽然这么说,有几个又真正下定了决心,尽管那时有家体育类的报纸在中国队失利后一下狂跌了30多万份,现在不又回升了么?甲A还没举行,许多人又眉开眼笑地招呼,某日有精彩球赛,到时一定要叫我哟!

什么是球迷?球迷是最具有同情心而没有原则的人。我在大学时,每逢学校转播球赛,窗下总有厚厚一层玻璃碴,他们太容易激动了。最后校方决定惩治一批"首恶"分子,管理员冒着"枪林弹雨"的危险,好不容易逮住了几个。我们都捏了把汗,心想这下可完了。没想到他们被叫到校长办公室后,回来时没有丝毫痛苦感,第二天只有一纸轻微的警告处分,且不记入档案,这在一贯从严治校的学校来说是史无前例的,据说校长就是个铁杆球迷,大概是同病相怜于我心有戚戚焉吧。还有一次,我见一直温文尔雅的贾教授推着自行车与另两位老师谈得眉飞色舞,正感到惊奇时,他的自行车已嘭的一下撞到我身上,他一抬头:"你看昨晚的球赛了吗?"我顿时目瞪口呆。

(《陕西日报》1998年1月23日)

寻找音乐门

我曾觉醒于这条幽咽明净的小溪,它时而平缓低沉,抑郁顿挫;时而飞珠溅玉,碧落黄泉。我曾仰望这座高山,天籁传音,空谷绝响。我曾漫步在广袤的黄沙中,张开双臂拥抱西沉的太阳,收集从天地尽头传到心尖的回音。我也曾徘徊在西面八方,一直努力寻找这扇可以通向音乐的大门。

对于一个不懂乐理而有这种痴迷感觉的小子不知是痛苦还是幸福。但能痴迷音乐肯定是幸福的。上帝曾说:"高尚的灵魂才能进入天堂之门。"其实,对于音乐又何尝不是这样,没有明净透彻的灵魂能找到音乐之门吗?

我曾混迹于一班艺人之中,其中不乏音乐高手。他们的表演缤纷夺目,表演风格也异彩纷呈,但无一例外的是都有颗乐观、笑傲人生的心。有位先拉板胡,后弹钢琴,最后从事指挥、作曲的中年老师,尽管只有40多岁,却在人生的道路上没少磕磕碰碰,就是在妻子摔断了腿,80多岁的老母又病逝的情况下,他仍白天教学、晚上谱曲,竟在这期间拿了几个全国颇有影响的大奖。哪怕是台上一站几个小时,哪怕是殚心于繁忙的行政事务,他依然精神饱满,轻松愉快。他说,官有高低,乐无尊卑,音乐是陶冶修身,而不是用来敲门晋升的。在这个日益"开放"与"浮躁"的时代,音乐又何必那么恪守清白呢？乐高和寡。你们的清贫和清高恐怕也就成为世纪间最凄凉的清唱了。当然这是有灵魂的音乐，是用尊严和良知构筑而成的音乐。因而是最美妙和最值得记忆的音乐。因而也是一般芸芸众生找不到门的音乐。

我曾努力接近这扇音乐之门，发现里面的生活其实也很丰富。他们也恋爱和失恋，但一切都那么坦然，没有变态的情杀，没有"宁为玉碎，不为瓦全"，"我得不到的，别人也休想得到"的奇想，因而也不会出现骇人的毁容事件。相反，世界乐坛上不少音乐大师的旷世奇作都与他们的恋情有关，爱给了他们激情、灵感和潺潺流淌的乐思。我想，这大概也跟经过音乐洗涤后的灵魂有关吧。

那位一次次与苦难做斗争，高呼要扼住命运咽喉的贝多芬，就有题词献给朱丽叶塔·桂察尔弟的《月光曲》、因热恋泰丽莎而写下的《第二十四钢琴奏鸣曲作品78——升F大调》及明丽欢快的《第四交响曲》等。钢琴诗人肖邦在世时悄悄爱着康丝丹彩·葛拉特柯芙丝卡，他常常边想着她边写协奏曲中的慢板乐章，最后完成世人熟悉的《F小调第二钢琴协奏曲》。李斯特在与卡罗琳同居时创作了内涵深邃的作品《但丁交响曲》《浮士德交响曲》《骸骨之舞》等。柴可夫斯基在写给与他交往13年的梅克夫人的信中这样说："我笔尖下的每一个音符全都是呈献给你的。我对工作的热爱得以再次苏醒，完全是你的功劳。"并将他的《第四交响曲》昵称为"我们俩人的交响曲。"多么美妙的音乐之恋！

不仅如此，我还发现：真正的音乐是民族正义的呼声和精神的振奋剂。

在战乱年代，我们不仅需要"感时花溅泪，恨别鸟惊心"的写实，更多的是需要有种鼓舞我们斗志、能振聋发聩的声音。这时音乐的大门是永远向勇敢的斗士敞开的。近两个世纪来,《马赛曲》传遍了世界各地,成为人民反对封建专制、争取民主自由的号角。那时,在它雄壮激昂的旋律中,法国的君主政体被摧毁,封建复辟势力被打退;工人们打响了街垒战的第一枪,起义者的鲜血染红了巴黎公社的墙。壮哉乎?激烈乎?"起来,不愿做奴隶的人们,把我们的血肉,筑成我们新的长城……"这首慷慨激昂的《义勇军进行曲》,半个多世纪来一直是中华民族傲然挺立的动力,无论是战火纷飞的峥嵘岁月,还是在改革的和平年代。

  关于音乐,我所要说的实在太多了;关于音乐,我不懂的也太多了。处在这个乱纷纷的世界中,我真想蒙上眼睛去找《二泉映月》,我也真想抱了古琴去深山老林访高山流水,我更想找到一扇真正自己的音乐门。

(《西安建设报》2000 年 3 月 25 日)

信　任

　　那天,我送一位朋友去外地。在火车站广场,一位头发蓬乱、干瘦干瘦的中年人过来问我们:"要送行李吗?"见我们犹豫,他露出满嘴的黄牙笑了:"不贵的,三块,送上车,您坐卧铺的人还在乎这点钱?""坐卧铺"或许是他平时恭维旅客的话,朋友显然被他这句恰到好处的话给打动了,尽管行李不多,还是拿出五元钱让他买两张站台票。他接过钱,猫腰朝人群一钻就不见了。

　　我和朋友天南海北地侃了一阵还不见他回来,我有些急了,说:"该不会是肉包子打狗了吧,他送咱一趟才挣三块,而现在不费吹灰之力就能拿到五块……"朋友也愤愤不平:"如今人心难测,出门防骗、坐车防偷、问路防套,真是防不胜防。"就在我们满腹牢骚无可奈何地准备离开时,他挥舞着站台票挤过来,一边用手拭额上的汗,一边喘着气连声说对不起。他把剩下的三块钱给了朋友,一个肩头扛着行李箱,一只手提着大旅行包朝进站口走去。

　　上二楼候车厅时,我见他提包的手青筋暴突、有些颤抖,身子也一晃一晃的,便上去帮忙。他执意不肯:"我干的就是这活,你出钱我出力,很公平。"在我们的一再请求下,他终于同意放下手中的包。到了车跟前,我们连声说行了,可他仍坚持要送上车,并麻利地把行李放到行李架上。朋友给他行李搬运费,他只肯收两块钱,说因为你们自己拿了行李,不能收那么多钱。

下车后,我仔细地打量他:虽然天气很冷,但他只穿了件灰毛衣,外加一件薄薄的夹克,脚上穿的是黄胶鞋,那张布满皱纹的脸上充满了刚毅和自信,那是一张像我的父亲一样值得信任的脸,他脸上的表情是许多衣冠楚楚的人没有的,那是一张我终生难忘的脸。

他在苍茫的夜色中向我挥了挥手,便转身消失在人流中。

(《劳动早报》2000年3月10日)

桥

香婶的丈夫在小镇的银行工作,人长得瘦高瘦高的,天生一副娘娘腔,声音比女人还女人,走路轻手轻脚的,生怕踩死只蚂蚁。在男人眼里,他也许不够男人的标准。但在女人眼里,特别是香婶眼里,她觉得丈夫是个了不起的人物:十几年了,工作上没出过一丝一毫的差错;识文断字,待人一团和气,从来不乱发脾气;家里吃的、穿的、用的哪样也不少,而且样样不比别人差;逢年过节的,还总从镇里头提肉打酒的,惹得人人艳羡。

香婶整日把笑容挂在脸上。四十岁的女人,风韵犹存,再加上这一脸笑意,让本来漂亮的香婶更增添了几分魅力。

真是天有不测风云。一个秋日艳艳的下午,公社的通信员骑着那辆浑身叮当响的自行车慌里慌张地来找香婶。香婶正坐在门口的斜阳里纳鞋底,她头也没抬地问:"小李,啥事?""哦……唉……"通信员不知道说什么好。四周一片静寂,只有针线穿过布层的悉悉声。通信员思忖良久,咬咬牙,背过身去,艰难地说:"嫂子,有些事你可千万要挺住啊!"香婶疑惑而又有些不耐烦地说:"有啥大事啊,这么风风火火的。""方会计、方会计他……他失足落水了,人可能是没指望了……"

香婶浑身一抖,手指上的鲜血瞬间涌出,一滴、两滴……飘飘洒洒落在未纳完的鞋底上,朵朵红梅灼灼闪闪,红得逼人的眼。香婶呼天抢地,哭得死去活来,把那只未做完的鞋底也同丈夫一起埋了。

香婶的家一下子冷清了许多。之后便风言风语起来:有人说,这方会计死得蹊跷,一条宽不及两米,深不到胸脯的河沟竟能把一个会水的人给淹死?也有人说,这迟不死,早不死,偏偏死在县银行要搞账目大检查的关口上?还有人说,方会计的死与某个女人有关。这些话自然传到了香婶耳里,她又急又气,竟然卧病不起。

时间一晃已经月余。一天,镇上唯一的一辆"乌龟壳"颠颠簸簸来到香婶门前。年轻的镇书记和镇行长抬着一块"烈士家属"的牌匾,燃着鞭炮挂在香婶门上,引得一大群看热闹的人们丈二和尚摸不着头脑。第二天,镇里的高音喇叭就呜咽着,一遍遍地讲着方会计的先进事迹,说他为了赶上班,抄近路想从沟上跨过,没料到失足落水,因公牺牲……

镇里很多年才出这么个先进典型,地方各报纸都进行了深入报道,全镇群众也觉得脸上有光。不久,年轻的镇书记荣升副县长。当了副县长的书记没忘那条沟,指示水利部门在沟上修了一座宽大的石桥,钢筋水泥铸就,非常坚固结实。桥建成后,一场罕见的大雨把小沟冲刷成了小河,桥的功能恰到好处。

十几年来,桥默默地发挥着连通作用,迎来送走了一批又一批的学生。每当村民们走上这座桥,都说:"要不是方会计,恐怕也没这座桥。哎,托福,托福。"

尽管再也没有人去猜方会计的死因了,可香婶总觉得有一个声音在说:"一条宽不及两米,深不到胸脯的河沟怎能把一个会水的人给淹死呢?"

(《陕西农民报》1998年1月10日)

麻书记

麻书记突然要辞职，村里自然引起不小的骚动。

麻书记是陈得贵的"雅称"，他虽脸上"满天星"却是疙疙村的风云人物。18岁入党，20岁那年，老陈书记，也就是得贵他爸上调林业局后，上级便任命他为书记，一干就是30年的不倒翁。

村民有句顺口溜："麻子书记有三宝，人人逃不了：一斗二罚三要打。"

"四清"那阵，当别的村还冷冷清清时，疙疙村的高音喇叭就传来陈书记庄严而威武的声音："把反革命分子押上来。"60多岁的王三婆便战战兢兢地站在土台上，头上是二尺多高的白纸帽，脖子上挂着几斤重的黑牌牌。据说新中国成立前她参加过"一贯道"，她平日哪见过这阵势，面对黑压压的人群尿了一裤子，回去卧床不起，不久就得到了"彻底解决"。麻书记在总结中说："嗯，我们的专政是强大的，嗯，把敌人吓得屁滚尿流。"

疙疙村有个"三只手"专业户，那年代人人闹饥荒，为了生计，一般都睁只眼闭只眼算了。可这"专业户"仗着兄弟八个，谁也不敢把他怎样。即使告到麻书记那儿，他也只是"知道了"了事。专业户愈发猖狂。一晚，又满载而归，刚好与巡夜的麻书记相遇，书记叫了声张金合便不言传了。第二天清早，村里的广播通知大家饭后开会,当下就有人嘀咕:"不知麻书记又要斗谁了。"书记沉着脸坐在台上一声不吭,眼睛微闭着,嘴一张一翕,像在思考,像在静坐,又像在积蓄力量,果然他大喝一声:带出来。专业户被挟在两个背枪的民兵中间,后面是被子,前面是铁锅,锅上贴着醒目的白纸黑字:"疙疙村的张金合,先偷被褥后偷锅。"游行时,专业户的老婆敲一下锣,专业户就念一句。从此,"三只手"再也不敢胡伸乱动了。

村里有两片竹林,一到春天少不得有人偷笋。麻书记转来转去也逮不着个人影。一天偶见李木匠的猪圈里有不少笋皮,便问木匠妻子,她推说不知道,逼急了就说是猪衔进来的。麻书记生气了,动手就去牵扯猪,"那好,我就审问它吧!"木匠妻子又哭又闹,最后说偷了五根笋,书记说:每根20元,明天到大队来结账。吃进嘴里的要吐出来,埋在地下也要挖出来。

麻书记不打人,却让自己打自己。有年冬天村里赌风甚浓,搞得老婆有喝药、上吊、离婚的。这批赌棍行踪不定,半夜,麻书记来到宝发窗下,轻轻敲了敲,"谁呀?"传来睡意蒙眬的声音:"我,出来押两下。""好哩。"麻书记就此顺藤摸瓜,逮了一串。天寒地冻,麻书记把他们带到路边一个池塘,命令脱光衣服下去摸石头……

现在,麻书记就要滚蛋了,不少人眉开眼笑,如释重负地松了口气。

(《陕西农民报》1999年4月27日)

两位理发师

小时候村里有两位理发师,一张姓名金尧,一周姓名驼子。

开始来理发的是张金尧,五十来岁,嘴里还镶有3颗金牙。张理发师是邻村人,老伴早逝,他含辛茹苦拉扯大的儿子已娶妻生子,有4间瓦房,有猪、有鸡、有鸭,日子还算可以吧。张理发师背着那个黑漆漆、上了铜扣的小木箱,每周要到我家来一次。他每次来的时间都巧,总是早饭要上桌时。农村人热情好客,是一个方面。另一个方面是自家产的粮食,谁也不会抠得那么死。这时奶奶就给他端来洗脸水,他这人很怪,不用杯子漱口而就着端来的洗脸水,猛吸一口,然后把洗脸毛巾伸进嘴里一绞就算完事了。看得妹妹直觉恶心,一点食欲都没有了,而张理发师在烟酒中谈笑风生。吃完饭就该劳动了吧,他不。他陪着爷爷摆龙门阵,到晌午再慢腾腾地吩咐准备剃头水,然后摆好凳,挂起那条油腻腻、黏糊糊,黑得发亮的剃刀布。忙忙活活一阵,爷爷的头皮就开始发青了,接着又刮胡子,又掏耳朵,再给我剃一个"锅盖头",哎,又该吃午饭了。日落时分,张理发师拿着4个人的理发钱,迈着小步,心满意足地哼着小调走了。

张理发师对儿子很好,他烟瘾大,却从不买烟;穿的衣服如他的剃刀布一样,他劳动的一分一厘都交给了儿媳妇。

后来张理发师来村的次数越来越少了,不久就听说他得了种怪病,肚子胀得比孕妇还要大。每天痛得死去活来,儿子这时就拿布堵住他的嘴,闭窗,锁门,大约过了一个月,张理发师顺理成章地消失了。据说他的嘴里的3个金牙也给儿媳妇撬下来了,不值钱,没人要,最后扔了。

接下来该说周理发师了。

周理发师名焉不详,因其背上长着个高高的"驼峰",几乎要用肚皮贴着地面走,故名周驼子。周也非本地,外省人。自张死后就流落到我们这个村给人剃头。

周在村里搭了个小窝棚,平时也生火做饭。周的脾气很怪,一般不到别人家吃饭,主要是嫌不干净,小孩吵吵闹闹,如果要吃也会给钱。周理发师在理发时手很重,我们小孩子惧怕,稍一偏,他就会用大手毫不客气地一扳,痛得小顾客龇牙咧嘴。有个小孩本是歪脖子,他拍打几下也无济于事,最后差点竟把那脖子给扳正了。

怕归怕,周理发师的手艺没话说,自他来后,我们就彻底消灭了"锅盖头",暇时他还编些篾器送给四邻八舍,因此人缘还好,做了好吃的也乐得叫他。三年后一天,邻居见"周驼子"家的门日上三竿了还没开,敲了一阵没声音,以为他还在熟睡,也就没在意。到傍晚,没见他家的炊烟升起,人们这才感到蹊跷,撞开了门,周驼背已无疾而终多时了。

村里把他当作五保户对待,热热闹闹地操办了一阵。当他坟头的土由黄变黑,草也长得老高了时,人们差不多要忘掉了周理发师。

那天,一辆大卡车载着一口黑漆漆的柏木棺材来到周驼背的坟前,在"噼噼啪啪"的鞭炮声和呜呜咽咽的唢呐声中,一对青年夫妇带着两个小孩跪下磕头。原来,他是周理发师的侄子,自小过继给周理发师做儿子,等到儿子长大成人,周驼背留下攒了一辈子的钱,悄然离去。他怕自己这副尊容连累儿子找不到媳妇……

儿子与媳妇经过多方周折才打听到周驼背去世的消息,他们有些悲痛欲绝,他们要把在外漂泊了十年之久的父亲运回故里。

(《西安建设报》2000 年 4 月 5 日)

人 病

魏局长近来不幸得了乙肝,不说大家也知道。

赵处长去局长家,一番寒暄后,拿起局长面前的空杯就去倒水喝。局长连忙阻止:"老赵,那是我的杯子,会传染的。"赵处长轻松一笑:"没那么容易吧!人吃五谷杂粮谁个没病没痛的?您千万不要往心里挂。"说完一饮而尽。局长叹了口气:"这可不是普通的感冒发烧呀!"赵处长的脸红了。上次办公室的小K要吃感冒药,一时找不到盛水的东西,就把赵处长的茶杯"挪用"了一下,结果被赵处长骂了个狗血喷头,局里局外都知道。

钱主任和局长共进晚餐。局长为自己拿了两双筷子,一双夹菜,一双吃饭。钱主任看了很"难受",他动情地说:"局长,您可把我当外人了。您是我多年的老上级,什么乙肝、饼(丙)干,我才不信那个邪呢,没事!没事!"饭后,他见局长的碗里还剩半个鸡腿,赶紧"嘿嘿"一笑,若无其事地拿过鸡腿,边啃边说:"我就喜欢这玩意,扔了怪可惜的。"

孙秘书陪局长出差,与局长同住一个房间。尽管有暖气,孙秘书仍然坚持替局长暖脚。孙秘书抱着局长的脚睡到半夜,局长突然说:"小孙哪,别人都说要死的人脚先凉,你父亲是这样吗?"孙秘书的父亲去年刚去世,因为有哮喘病,孙秘书怕传染,从没挨过床，一切都是由保姆料理，他自然是答不上来。孙秘书嗫嚅了一阵，小声说："可能是这样吧。"

李科长经常为局长的饮食操心，常常比局长先到局里，比局长后回家，必须照应着局长吃完饭才回家。局长的儿子在外地工作，局长老婆给儿子看孩子，儿媳妇怕公公的病，一家人一年也回来不了几次。局长感动地对李科长说："我儿子都没有你这么孝顺啊。"李科长拉着局长的手动情地说："我哪怕是做您半个儿子也万分荣幸啊！"

肝病确实难缠，局长好不容易病愈康复，却到了退休的年纪，他只得恋恋不舍地走下工作岗位。临行前，他一再叮嘱赵、钱、孙、李晚上一定要到家里来尝尝他的拿手菜：清炖马蹄筋。他左等右等，以至于都过了晚饭时间，还是不见个人影。打电话过去，都说有事，抱歉！

第二天，局机关医院病人暴增，而且清一色是来查乙肝的。医生只好挨个儿给他们查看眼睛、按压肝区，问这儿痛不痛，那儿痛不痛，没人说痛。他们说手诊不准，个个要求抽血，抽血化验结果出来了，可他们仍然不信。张三说他曾经和局长握过手，李四说他去过局长办公室，王五说局长老婆和他媳妇吃过饭……赵、钱、孙、李更是坚决不信："这个死老头子，可把我们害惨了！"人群里不知谁说了句："这么长时间了，怎么能不传染？该不会是到了晚期，治不好了，医生在安慰我们吧！"

大家都感到害怕。

后来，全国很多医院都出现了一批自称患有严重肝病的人。据说，他们均来自 A 市 B 局。

(《惠风》1997 年 11 月 28 日)

小村酒店

村是小村。

镇上一条土路从大山中扭扭曲曲折了30多里才进来,从此便有了山里山外的联系。全村二十来户竟分占了10多个山头,房的主要材料是土砖和茅草,满山的绿把它们遮得严严实实,人是不能清楚看见其面目的。数不清的小溪随意流动,有虾、有鱼,也有青蛙,它们充满活力,不停地在水中跳跃。炊烟时断时续,懒洋洋飘荡在明净的上空,牛只有四五头,长得也并不怎么丰腴,毛老长老长;狗呢,好像丧失了叫的功能,见了生人往往哼一下就跑开了。这幅画面大概是故乡70年代的全貌,我要说的也是那时的事。

店是小店。

从外表来看,它绝对是孤独的,唯一的一间瓦房立在村口。里面的摆设也极为陈旧,一张黑漆斑驳的长柜将房子一分为二,顾客和货库就这样被隔开了。三个,嗯,就是三个一米高的酒坛并放在柜下,裹着毛巾的大青石把坛口压得密不透风,楠竹做的货架上挂着几个沽酒用的勺子,容量分别为1两、2两、半斤。风一吹,它们就碰得"叮叮"作响。摆得稀稀拉拉的是一些水果糖、蚕豆、罐头、火柴等。在实行计划的年月,这些东西的价值远非今天的人所能想象。即使就是公社书记当时要买半斤糖,也得托熟人走后门啊!

那时的店主是位约莫60岁的慈祥老头,头发白了大半,零碎长着的几根胡子也全白了。干瘦、干瘦的,整天戴着一副黑边眼镜,我想,大概是老花镜吧,没事就把算盘拨得"啪啪啪"作响。有时他见我从窗外好奇地望着,便友善地一笑,招了招手,然后抓起两颗糖"叭"的一下扔到柜台上,我要踮几次脚才能够着,还没吃就觉得有一股滋滋的甜味慢慢流向心田。

其实,把我的童年和这小店紧紧连在一起的是爷爷。

那时他老人家给村里放牛,天不亮就起床,回来却很晚,因为那群牛总跟人一样吃不饱。这是件苦差,但能挣一个半工分。繁重的劳动下,爷爷特别钟情那口"黄汤",这是他对酒的自诩。他不急不忙地洗漱完毕后就拿出那个压在衣箱底下的"牛眼"酒盅,把瓶底的剩酒一滴滴倒入杯中,然后就着奶奶端来的残菜慢慢品尝起来,每饮一下都要微闭双眼,将头朝后仰,嘴还要很夸张地咂巴一下。看着这架势,尽管爷爷每天就这一顿,尽管这顿就仅此一盅,他在我心中仍是了不起的喝酒英雄。

那年月,虽然每天都有人光顾酒店,小店的三坛酒从年头卖到年尾仍要剩下一坛多。当家里年年超支,连吃盐的钱都要借时,爷爷说什么也不喝酒了,有时实在忍不住了就偷偷地把酒杯拿出来闻了又闻。好在奶奶养了三只鸡,每天至少可以下一个蛋,当一个蛋能卖6分钱,刚够1两酒时,又给爷爷带来了新的希望。每次我怀揣那颗温热的鸡蛋朝酒店走去时,总是格外小心,生怕摔着了。这时是从不敢带酒瓶的,东西大了,1两酒就沾没了。隔着那个高我半个头的柜台,我把酒杯递进去,然后又接过酒杯迈着碎步,颤巍巍地走回家送到爷爷手中,这样的日子持续了两年,直到我上小学。

后来众所周知,日子慢慢好起来,小村发生了变化,小店也发生了变化。

原来的土砖茅草不见了,替代的是红砖碧瓦,明净的玻璃柜里摆得琳琅满目,高高的货架上堆满了各式各样品牌的瓶装酒,散装的一坛酒还是从年头卖到年尾卖不完,他们觉得饮包装酒才是一种地位的象征。但酒店的主人还是那老头,他愈发显得苍老了,头发全白了,胡子也全白了,背也驼了,不一会就咳嗽连天,他无神的眼漠然地望着走来走去的人。天不黑,老头就早早地把那扇铁皮门关死了。他害怕什么呢?那年头,他经营的小酒店,木板门几乎摇摇欲坠,那时从早到晚,从晚到早是从不闩门的啊!

越是害怕有鬼,鬼也就真的来了。一个大雪纷飞的季节,那天清晨老头起床未来得及开门便激灵灵打了个冷战,墙角竟被扒了个洞,抽屉翻得乱七八糟,货架上一片狼藉……那时路上行人正少,那时的脚印很清晰,可那时老头也只长叹一声便木然作罢。

第二年开春,老头的幺儿子,一个精瘦干练的小伙坐镇小店,他是店里年轻的新主人。连卖带送,加上嘴又甜,叔叔伯伯大婶阿姨叫个不断,生意倒也红火。又该到落雪的日子。这个季节是猪的末日,人们在猪绝望挣扎的嚎叫声中慢慢品尝春节的气氛。这时自然少不了酒。村里贺老四早晨放倒了一头猪,差婆娘来小店提了三五瓶酒就吆五喝六地吃起来。谁知喝过酒的人晚上竟动弹不得,哭声一片,骂声一片,转眼间就添了三座新坟,迎风飘飘的白幌子甚是扎眼,好端端的春节变成了丧节。不用说,自然事出有因,一辆警车呼啸而去,带走了小酒店卖假酒的小老板。

从此,村里的小酒店不再存在,废弃的空房成了鸡鸣狗叫之所,当然,其中也不乏窜来窜去的鼠辈。

(《华夏文学》1999 年 3 月)

铁匠铺子

进入不惑之年后，梦似乎一年比一年少了。入梦的，是儿时记忆最深刻或心中最私密的人和物，铁匠铺子就这样慢慢地、一步步走来的。

大集体的时候，大队在队部周围办有供销社、肉铺、油坊、茶厂等店铺，还有食堂，俨然是一个自足自给的"小王国"，当然还有铁匠铺子。在我的印象里，铁匠铺子存在的时间跨度很大，在大队改成行政村后的十年间炉子还红红火火。铁匠铺子搬过三次家，最早是在一条灌溉渠底下的平地上，土墙灰瓦，与酒铺相邻，再过去就是食堂，三个单位，三间房。食堂面积最大，有桌有椅，一段时间，不让在家里做饭，在食堂按量配发、就餐，后来又让将饭菜打回去在家吃，再后来食堂就悄然无息地关门上锁了。酒铺面积最小，一张半人高、黑漆漆的长条桌横亘在主顾之间，桌上摆着三三两两、高高低低的酒坛，坛盖上缠着厚厚的布条，桌后的货架倒不少，大都空着，只有几格有麻花、饼干之类的小食品，货架上挂有一排沽酒的长柄洋铁酒勺，风吹过，有时会发出悦耳的声音，大多时候人们并不进酒铺，仄逼的空间连转身都难，供需都很清淡，偶尔来人从窗口就完成交易了。接下来就是铁匠铺子了，占地适中，靠近通衢之地，人丁兴旺，宾客盈门，无论是吃酒还是吃饭的,都愿意来这里集中,两排长凳上的人挤得满满的,这里是天南海北是非曲直传播的场所,这里也是纯爷们的聚会的场所。相对于大门紧闭的酒铺,到点开门的食堂,铁匠铺子的门似乎永远都是开着的。

铁匠铺子的人气旺缘于"铁匠陈"的人缘和手艺。"铁匠陈"那时不到40岁,长长的头发下掩着一张瘦猴脸,是一个天生的乐天派,喜欢开一些原始带荤的玩笑,在精神与物质同样匮乏的年代无疑是一剂兴奋剂,这也是铁匠铺子只有男人聚堆的原因。他那儿还备有一些小糖果,我怀疑是从隔壁酒铺里顺来的,老眼昏花的"烧酒何"哪能看得住他。这些糖是他用来逗小孩的,"来,来,二毛吃糖,你给我说说,昨晚睡觉是你爸在上还是你妈在上?"有的小孩童言无忌,大家哄堂大笑。也有泼辣妇女找上门来,跳着脚大骂"铁匠陈":"死打铁的,你娘的脚,要问问你妈去。"明眼人一看,这人与她儿子一样,一根筋。

"铁匠陈"的技术据说是祖传的,也有人说是从公社街上的宋家铁匠偷学的。不管怎样,"铁匠陈"跻身艺人行列,倒也免除了日晒雨淋的出工之苦。"铁匠陈"高高瘦瘦,徒弟二憨敦敦实实,站在一起形成了强烈的喜剧效果。师徒二人分工明确,多数时候二憨蹲在地上呼呼拉着风箱,炉子上焦煤的火焰就"哧哧"欢呼、跳跃着,明灭的火光照着他师父似笑非笑的脸。"铁匠陈"系着一条四季不曾换洗、看不出是什么颜色的长围裙,用长火钳夹着半成品的镰刀、菜刀之类的家什在火里翻滚,行话称为淬火。淬完火后,师父把物品放到铁砧上,拿把小铁锤东敲敲西敲敲,宽薄厚窄就在这几锤下定音了,这是铁匠的核心技术。学徒三年才能满,这是行规,一般这个时候,师父是不会让徒弟在跟前看，往往支开干其他活儿。但"铁匠陈"不，叫二憨边看边指导。有这样的师父，心眼灵活的徒弟半年也能出师了。可这二憨就是个傻大个，空有一身蛮力，心眼实到家了。干了四年也出不了活儿，没法，"铁匠陈"只好让其拉风箱，抡大锤。那大锤几十斤重，专门用来打锄头、铁犁初坯，没力气是抡不起来的。抡大锤也是有技巧的，开始师徒一人一把，在"嘿呦""嘿呦"的号子声中此起彼伏，打在一个点上，一时铁星四溅，颇为壮观。及后，师父用长钳给铁物定位，徒弟再用大锤敲打一遍，握长钳时手要平放，如果倾斜了，虎口往往被震裂。

最后一道工序是淬水。将成型的物品放入木桶的水里，只听一阵嗞拉的声音，随后冒出一股青烟，通红的铁家伙就变成青灰色，冷却后就完工了。从水里夹出的物品往往温度还很高，有一次我很好奇，"铁匠陈"就怂恿用手摸一下，结果烫了一个水泡，母亲在家将"铁匠陈"狠狠数落了一通，好长时间，我对铁匠铺都退避三舍，敬而远之。如果是刀具和犁具，得用锉刀开刃。"铁匠陈"的绝活还在刀刃上，锋利无比，即使长时间使用也不卷刃、不钝，不用磨刀石磨。我至今不明白的是，每个物品不显眼的地方都有个小小的带圆圈的"陈"字，也不知是怎么刻上去的。铁匠铺的土墙上有一排木楔子，因地制宜，深深插进了墙的缝隙，新打制的刀具和农具挂在上面铁青铁青的，太阳照在白的刃边上，反射出一道道银光，每件"作品"上用粉笔写有订制人的姓或名。

又过了几年，"铁匠陈"的徒弟自感出师无门就自行离开了，接替二憨的是"铁匠陈"17岁的大儿子，村人尊称为"小陈师傅"。打虎须亲兄弟，打铁也得父子兵。这段时间是铁匠铺辉煌与鼎盛时期。现在，连同酒铺、食堂这三间土房早已坍塌了，掩藏在杂草丛生的半截矮墙上,"坚持无产阶级专政"的暗红大字虽已斑驳陆离,但还依稀可辨。

后来,陈家父子把铁匠铺迁至公路旁,没多久,"大陈"结婚成家后就去广州打工了。铁匠铺停了半年后又重起炉灶,再次搬到卫生所隔壁,"二陈",我的同学,初中毕业后弟承兄业,"叮叮""当当"这声音就如晨钟暮鼓,在乡村回荡。

日子过得飞快,流逝的时光一不小心就冲走了铁匠铺的记忆。有年大学寒假,我不经意间想起这件事,问母亲,"铁匠铺还在吗?""早关门了。""二陈呢?""深圳打工去了。""老陈呢?""改行杀猪了。"

黄　毛

黄毛是一条狗，是童年时就陪我玩耍的一条狗，是至今深深震撼我心灵的一条狗。

我4岁时黄毛才4个月，黄绒绒的毛，灰褐色的鼻子，雪白的爪子，额上纵横交错的细小白毛与黄毛巧妙地构成一个"王"字，虎虎生威，这个具有王者之气的家伙是惹人喜爱的尤物。可它并不懂得怎样包装自己，不像其他狗，一见主人就欢快地摇尾巴，扭动着身子扑上去，也不像其他狗，挨了打就夹着尾巴，它高兴了就一边蹦一边跳，围着场子疯跑，追鸡撵猪，受了呵斥还是翘着尾巴，满不在乎，呜呜地叫着谁也听不懂的抗议。

那时村里住着一支上山下乡的知青，这群天不怕地不怕的青年除了下雪在池塘洗澡外，有时还弄点恶作剧，将老乡家冬瓜的蒂剜去，表面看着好好的，其实里面早已腐败，甚至还在内留点大小便之类的东西。要不他们就比赛喝烧酒。青春期的过剩精力就这样在无聊的亢奋中一点点地消磨掉。

不久，他们又刮起一股打狗风。说是响应上面的号召，坚决消灭疯狗。这样，村里随处有狗的哀哀鸣叫，狗皮、狗毛到处都是，狗是贱命，既无强大的爪牙之利，肉又上不了正宗筵席，面对主宰它们的暴力，唯有俯首听命。它们昔日的忠诚与灵性这时就不再有人去想。黄毛的妈妈就是那场"运动"的牺牲品,在十几个人的围追堵截中,头被双管猎枪的威力炸开了,白的脑浆、红的血流了一地。躲在远处的黄毛见了就要往前冲,我紧紧搂住它,按住它的嘴。它浑身瑟瑟发抖,眼里充满了仇恨的目光。

那个时候,即使小狗也不能幸免于难,不断有人搜索,我不得不经常改变它的藏身之处,有时在草堆里,有时在菜地里,而有时又在箩筐中。可恶的是,他们往往把毒药下在饭里或肉里,以此来引诱狗。一部分狗就这样在"糖衣炮弹"攻击下丧生,被剥了皮,剔了骨去烹去煮。好在黄毛极有警惕性,碰到这场面用鼻子嗅嗅就跑开了,丝毫不为假象所动。只是它变得阴沉起来,整日闷闷不乐,是在想它那死去的母亲吗?

不料,有天它竟做了件骇人听闻的事。那天,杀害它妈妈的凶手之一正独自扛着锄头去出工,经过长满芳草的小路时,一条黄色的身影"嗖"地蹿了出来,两爪紧紧搭其肩,尖利的牙齿露出逼人的寒光……他"妈呀"一声扔掉锄头,双手哆哆嗦嗦抱住头。等他清醒过来,抓起锄头要打黄毛时,它"扑通"一下跳进了池塘,边游边回头挑衅地望着岸上暴跳如雷的人。

及至黄毛渐渐长大,就变得不安分起来,常常跑到外面跟母狗媾和。但它从不在情欲中丧失理智,它牢记自己的职责,逗留时间很少超过半小时,那些以母狗做饵料,准备了武器及绳索欲取其性命者又以失败告终。家里也曾给它找了个"媳妇",是邻居家的狗,说到底还是它的女儿,不过在动物中这类事是很常见的。出人意料,它们平时互相抓痒,洗脸,亲亲热热,发情期却从不让这条母狗靠近,有时还对它又撕又咬。

它是狗却通人性,还讲伦理道德,而有的人,却不如狗,并无廉耻之感。这也许是我时常想念它的缘由之一。

黄毛能活那么长的岁月,简直是村里的一个奇迹。到我14岁初中毕业时,它确实老了。行动迟缓,眼角布满眼屎,毛也掉得纷纷扬扬,吃饭一粒粒地数,声音嘶哑得都叫不出来,要表达感情就用鼻子哼哼。啊,这就是整整伴了我10年,上学送我、放学接我的黄毛吗?这就是随人们一起在峥嵘岁月煎熬过来的黄毛吗?

此后,整整一个暑假我都没见着黄毛,该找的地方都找了,还是没踪影,我心里顿时涌出一阵长长的失落。冬去春来,在一次放假割猪草时,我无意中踏进了靠近竹林的那块荒地。蓦地,一具高大立着的骨架呈现在我眼前,皮已烂掉,但还残存着隐隐约约的黄毛,除了黄毛还能有谁?它不愿死在家里,它是条爱干净的狗,它用生命最后的力量拖着病躯来到荒野静候死亡的到来,可它又是多么留恋主人,它站着,高扬着头望着家的方向……黄毛,在痛苦中你该躺下,你该挣扎才是啊!

我心悲痛,思念永久,故为之记。

(《秦风周末》1998年10月2日)

怀念麻雀

去年夏天,我租住在西安南郊的一间民房里。挨挨挤挤的城中村被分割成一个一个的小鸽子笼,只留下一个小小的院落,院落里堆放着一些破草烂铁。所幸的是靠我的窗下,院子里还保留着一棵泡桐树。

傍晚,当肆虐的热浪慢慢退去后,我会搬一把椅子坐在窄窄的阳台上,静静地看着把天边染得血红血红的太阳一点一点消沉下去。这时,有清风轻轻吹起,有桐树叶子沙沙作响,也有悠长的蝉声从树上传来。我竖起耳朵,希望这傍晚的交响乐能演奏得更丰富,能听到一种熟悉而又久违的声音,至于期望的具体是什么,我也很难确定,很难想起了。

一天,当我正在重复着这种单调的动作,重复着眼前的景物和声音时,竟然在不经意间听到了一阵"喳喳"的鸟鸣!不用回头,不用寻找,我知道麻雀来了。追随着它们的身影,我发现,在我对面不远处的一堵高高大大的红砖墙上露出一个个小洞,露出褐色的羽毛、灰色的小尖嘴和滴溜溜的黑眼睛。

以后的日子,我不由得经常迈出屋门,情不自禁地去寻找麻雀的影迹,默默地看它们觅食、嬉戏。渐渐地,它们也消除了对我的戒备,常常三五成群地从我的头顶飞过,并大摇大摆地停在阳台边上,用黑溜溜的眼珠打量着我。遇到高兴的事儿,它们一刻也藏不住,一大早就"叽叽喳喳"互相倾诉着,像极了家长里短的居家女人,吵得我不得不早早起来学习。

　　看到这群麻雀,我不由得想起了十几年前。那时我还小,生活在乡下,对麻雀并不陌生。可不知为什么,那时的人对麻雀一点也不待见,甚至把它们列入了"四害",高音喇叭经常教导我们要消灭它。在大人的号召下,几乎每个男孩子的书包里都带着一把小弹弓。在上学、放学的路上,在放牛、割草的间隙,在百无聊赖想恶作剧的时刻,我们都会拿出弹弓,随手捡起一个石块,"嗖"的一声向不远处的麻雀射去。有一阵子,我们学校的劳动课就是让我们去逮麻雀。隔壁班的小胖因为弹弓技艺高超,两节课下来居然射杀了20多只麻雀。当那些缺胳膊少腿、断翅瞎眼流血的麻雀被当作"战利品"堆在讲台边上时,小胖神气极了。在我们羡慕的眼光和一片掌声中,小胖作为"灭四害标兵",胸佩小红花,洋洋得意地回到座位上。大人们也不闲着,他们在麻雀密集的草丛里、芦苇滩、田地边,支开一张张稠而黏的网,然后手持长竹竿,大声地吆喝、拍打,逼得走投无路的麻雀乱飞乱撞,纷纷投身在粘网上,徒劳地挣扎。我的辉煌战果是学鲁迅先生,在家里设网,捕捉麻雀。在楼板上撒些秕谷,上面支起一个大些的竹筛,留一个天窗,待麻雀飞入觅食。估计时机差不多了,弟弟悄悄用稻草把天窗堵死,我则猛地一拉支起竹筛的竹竿,这样多半会成功捕捉。即使失手也不怕,我们再紧闭房门,来个瓮中捉鳖,这样房中的麻雀无路可逃,中午就成了碗中之物。

　　后来进了城,不用说麻雀,就连整个鸟类都似乎从人们的视线中消失了。偶尔能见到的也是关在笼中的可怜兮兮的玩物。有人说,可能是城里的钢筋混凝土和污浊的空气把鸟儿赶到乡下去了。可是,在农村,不但难见昔日"深恶痛绝"的麻雀,就连青蛙的"呱呱"声也变得珍贵起来。它们都去哪儿了?

有次,朋友请我吃饭。酒酣菜丰之际,只见服务员端上一盘烤得黑乎乎的东西。朋友见了,一再劝我多吃,说是补肾。我再三追问是何物,他才不无得意地说:"麻雀。"蓦然之间,我想起了当年小胖的"战果",而索然无趣,味同嚼蜡。

此后,一种深深的负疚感常常萦绕在我的心头。看似文明的车轮碾压了多少无辜的生命,让多少鲜活的生灵从我们的世界消失。难道若干年后,我们的孩子只能从图片、电视中去看羚羊、大象,乃至麻雀吗?这将是多么悲惨的世界啊。

今天,我终于又看到了麻雀,高兴之余,我感到欣慰。自从来了这群麻雀,我突然觉得孤寂的日子竟然有了一丝家常的味道。

(《惠风》1997年11月28日)

乡　梦

故乡远在享有"千湖"之称的湖北,那里的天该是瓦蓝、瓦蓝的,水该是明明纯纯的,树该是翠色欲滴、郁郁葱葱、四季常青的。

自远离了故乡,那山、那水、那草、那木就成了我梦魂牵绕,心灵缠系的一个永远也解不开的心结。

大学最后一个暑假,我逃离了热浪汹涌、人声鼎沸的城市,独自坐在故乡的小湖旁。群山环抱的湖一直延向远方,流向蓝天白云相交的地方。不时有白色的水鸟"嘎"的一声掠过平静的水面,绿而明纯的水似乎也有了一丝悸动。

在故乡,我或多或少是他们的骄傲,那句朴实的"你回来了",是饱满了热情和羡慕乃至尊敬的。而我又能给他们说什么呢?多年的漂泊和不稼不穑已在我们中间形成一堵看不见的墙,我不知全村有多少户人家,每个村庄叫什么,怎么走,我只是一个地地道道的客人。为什么我总是客人呢?在异乡,我是名副其实的过客游子。难道像某首歌中所唱的那样,真的忘了回家的路吗?

我的爷爷奶奶都是在近两年中,相继在老屋的西厢房里病逝的。那时,远在数千里外的城市读书的我并不知道他们在弥留之际对我的拳拳挂念,我能看到的只是一个土冢。乃至弟弟说起当时的情景时,我遥想往事,不由潸然泪下。

我当初在镇上读初中,离家 10 多里,要住校。每星期中食用的菜和米,全是 70 多岁的爷爷拄着拐杖,喘着大口大口的气给我送来的。有次,天快黑了,爷爷突然出现在教室门口,我还以为家里出了什么事。爷爷说:"你姑送了条狗腿,天太冷,送来就凉了,我是来接你回家去吃狗肉的。"大二寒假,父亲来信说爷爷病重,他想要双羊毛袜,让我捎回家。而我到家里才想起这件事。爷爷那时尚能说话,望着我笑:"回来就好,我什么都不要。"第二年春天,爷爷病危的那晚,父母及弟妹皆在,可他的目光却一直注视着门外,最后连眼也没闭就走了,爷爷在看谁?他在等我呀!

奶奶亦是如此。好歹我还在放假期间曾给卧床的奶奶喂过几次饭。也陪她说过一阵话。每次她都用干枯的手紧紧抓住我的手,话未说,泪就先下来了。我许诺说,有种神奇的元功袋能治好她的病。从此,这个元功袋就成了奶奶唯一寄存的希望。有时问我今天是什么日子,她在计算我到校的时间。我万万没想到,这句话成了我终身遗憾。弟弟说,奶奶最后说:"农儿怎么还不回来,我要元功袋,我不想死……"

故乡带给我的不仅是乡愁、乡情,还有一种需用心品尝的亲情。只要每天黎明有一线曙光破云入目,翠绿欲滴的故乡就会出现在我心里。即使在北方的寒冬里也有故乡春的气息,每段记忆犹如繁星连成银河永恒在天空。故乡啊!你是怎样在牵动着一颗游子的心呀!

(《健康导报》1999 年 2 月 24 日)

心中有片永不灭的森林

站在故乡高高的河堤上,望着被夕阳渲染得红彤彤的天空,我的目光最后定格在那片天空的山冈上——老屋后面的翠竹林。

确切地说,我也是现在才发现有这些翠竹。一转眼,十年的光景已消逝得无影无踪。在我残存的记忆里,那是一片茂盛的森林,那是我儿时神秘的乐园。穿过窄得仅能容下一个人行走的山间小道,我来到了山那边的小学,这一走就是六年。其间,森林给了我快乐,森林也给了我思索。

小道两旁满是需大人才能合抱的树,树枝交错相接,遮天蔽日,只有在夏天阳光穿透力极强的时候,才见丝丝缕缕的"金线"在树叶的缝隙中游荡,或者把碧绿的树叶折射到小道上,形成一个个黄黄的、椭圆形的圈圈。至于小道两旁更深处的森林是什么模样,我那时是不敢想,也不敢进去的,只觉得里面黑咕隆咚的,神秘兮兮。

每天踩在铺满厚厚落叶的小道上,真有一种说不出的快感。即使冬天,逞强的寒风在山外刮得呼呼作响,但它留在这里的仅是微弱的叹息而已。放学后,我就或坐或躺在这厚厚的落叶上,翻看小人书,还有武侠、侦破小说,看完后就埋在一棵大树的落叶里。

这些东西我是从不敢往家里拿的,否则父母会骂我"不务正业"。有天看着看着竟然睡着了,还是父亲打着手电把我从枯叶中揪回家的。

那里,不知是因这片森林,还是鸟本来就多,高大的树枝上垒着各式鸟巢,能见到黄鹂、布谷鸟、夜莺、喜鹊、乌鸦、猫头鹰、斑鸠,还有红嘴、拖着长长花尾巴的无名鸟,麻雀就更不用说了。清晨,我会静静地躺在床上,听一阵鸟儿的"交响曲";黄昏,我看完最后一页书,就传来鸟儿回家的归来曲。

冬夜,那片森林仿佛陷入了沉睡,除下雪时偶尔传来树枝被压断的"咯吱"声外,一切又归入了寂静。第二天,父亲就领着我们兄弟二人来到森林深处寻找野兽留下的洞,它们一般会留下三个洞口,有时会更多。父亲拿着铁锹把多余的洞口填平,只留下两个洞,然后他撑起麻袋堵住一个洞,我们兄弟拿着干草点燃用烟熏另一个洞。有一次竟然熏出一头野猪,这个烈性家伙差点咬破麻袋逃跑了,还是表哥给了它几铁棒才老实下来。

后来,我沿着那条窄窄的山间小道,走到镇里读初中,走到城里读高中,走到外省读大学,然后在异地工作、结婚,我终于走出了那片森林,可我什么时候能再进那片森林呢?在城里郊外,我每看到那么一点称之为树的绿,就想起故乡的那片森林。但迎接我的却是它的消失。而它是怎样走向毁灭的呢?据母亲说,村里的干部拿不到工资就卖掉了那片森林。

我不知道人是不是最易忘本的动物。"人"最初来自大自然,生活在大自然中,却不能与自然和平共处,在得到的同时,付诸的往往是破坏,村民们在那场百年不遇的洪水浩劫之后加高了河堤,不知这时他们想到那片森林没有？

我的铺满落叶的山间小道没有了，我的许多小鸟也看不见了，还有那些在夏夜把星星撑得高高的树梢。但这片森林在我心中永远不会消失，我希望每个人都能想起它。

(《生活报》2001年7月13日)

他乡是我家

数年前,我带着一脸的稚气、满身疲惫和金戈铁马的浪漫与豪气,踏上了西行的求学之路。一下车,我就有意放慢了脚步,同时告诫自己轻点、再轻点,怕惊醒千年古都的帝王,怕惊醒他们沉睡的美梦。这就是我曾魂牵梦绕的西部城市吗?没有山,没有水,一座布满苔藓的青砖城墙形成南北思想碰撞的焦柱。当冬天阴冷的北风卷起尘土和枯叶,把天空搅得一片灰蒙时,我愈发想念南方瓦蓝明净的天空和温暖和煦的阳光。

不过,在下雪的时候还是别有风味的。站在高处极目四望,整座城就像高高低低的雪塔,还能看见戴着皮帽和耳塞,"叭叭"甩着响鞭的车把式和疾驰而过的马车。当我把这些在信中描写给南方读书的同学时,他们竟羡慕我置身一个童话世界了,说一定要来观雪景,坐马车。

就在平淡甚至有点压抑的氛围中生活了几年。一天,突然想到快要离开这城了,许多该看、该游的地方还没有光顾,不禁涌起丝丝惆怅。因此特意挑了一个城墙彩灯开放之夜,独自登高临墙而眺,第一次发现西安的夜景竟是如此璀璨,城里的各种灯光像星光在水波上跳跃,像霓裳在飞舞,像盛开的并蒂莲……醉人的舞曲、激昂的秦腔、韵味悠长的民歌也纷纷跌落心田。

在幽静、典雅的化觉巷,我受到了另一种文化的洗礼。这里聚居着穆斯林兄弟,他们的祖先从遥远的波斯古国迁徙而来,用执着和勤劳撒播文明的火种。鼻烟壶、玉石、字画、折扇具有民族特色的服饰,每天都让老外看得神魂颠倒,不停地竖起大拇指:"OK,OK!"让我引以为自豪的是,化觉巷的居民还能用英语和洋人讨价还价。

当我在钟鼓楼和大雁塔之间转了一圈后,这天的晚上我失眠了,不禁重新审视西安在我心中的地位。西安是用它的厚重、朴实来征服人的,它不浮躁也不张扬,任你把玩,任你评说,因而任何商业炒作下的喧嚣和功利都与它无缘。踩在脚下的这片土地,埋葬着多少帝王梦、英雄梦,金戈铁马的铿锵之声犹在耳边回响;千年帝都的雄风犹在眼前呈现,八方使臣,万国朝贺。这片土地,犹如棱角分明的关中汉子,厚实;犹如素面朝天的村姑、纯朴。

往事越千年。今天,他传承开放,以博大的胸怀继续接纳世界文明,接纳八方来客,同时也掀开神秘面纱,让更多的世人一睹风采。

我默默地对自己说:"要好好珍惜这个环境,这儿就是你的家了,你应该为家的建设担当重任。"同时我还要说:"朋友,到我家来看看吧!它现在可能已经超出了你的想象。"我为我家感到自豪。

(《西电一公司报》2000年3月30日)

江南春早

我的故乡是曾被一位诗人誉为"春风又绿江南岸"的地方,诗人因故乡闻名,故乡因诗人出名。

那是一块神奇的地方。日出江花红胜火,春来江水绿如蓝,能不忆江南?

当北方还是千里冰封,万里雪飘,寒风凛冽,一片粉妆玉砌的时候,故乡已经在冬的风雨中孕育春的生机与希望了。寒冬还未消退,故乡已经迫不及待地悄悄披上了春装。那日,踏着冬日灿烂的阳光,沿着河堤松软的沃土,一路前行,转过一排灰头土脸、冷枝遒劲的白杨,我的眼睛忽然被脚下的一片绿芽灼痛了。停下脚步,我惊喜地凝望着它们,犹如在沙漠里看见了绿洲一般。快步奔过去,却是"草色遥看近却无",还是一片凄冷的土地。再细看,才发现它们还是一片细小、柔嫩的细草芽,长在一汪避风向阳的积水边。它虽然那么娇嫩、那么细弱,甚至有些孤苦伶仃,但却绿得逼你眼。我相信,它们就是江南早春的使者,是把春天的温暖与变革带到故乡的安琪儿。

早春的暖意瞬间充斥了我的心田,点燃了被寒冬冰封了许久的心房,扣动了心扉上那一曲春的赞歌,心情带着旋律在细草间跳跃,如小提琴上流出的夜曲一般轻盈。在这一抹绿意的带动下,周围还有无数嫩黄的、米粒般大小的芽儿正在破土,正在生长,它们呼喊着争先恐后地,迫不及待地要露出脸儿,看看这早春。

流动的生命,书写了早春的诗意,让人在田野间忘了回家的路。

小城里,仿佛也是一夜之间,旧貌换新颜。高楼大厦代替了土砖瓦房,宽大明亮的带橱窗的商城取代了灰暗老旧的小店铺。街道拓宽了,两头尖、中间高的小汽车跑起来了。连运河里的乌篷船也换掉了油黑油黑的船篷,盖上了蓝底白花的盖头,大声地召唤游客。街上的灰姑娘变成了白雪公主,陡然间"洋气"起来,上穿严严实实的皮夹克,下配飘飘洒洒的长裙,还要将长发甩甩,脸上是读不完的春意。

春风又绿江南岸,我却要去北方了,明月何时照我还?

(《西北大学报》1996年4月29日)

黄盖湖

这是一个名不见经传的乡村湖泊。

这也是一个充满灵性和诗意,令人久久难以忘怀的地方。

从湖北蒲圻驱车南行约 20 公里,在方圆数百里之内,你站在任何地方都能望见一抹水光。水与水连成一片,山与山接成一体,那便是黄盖湖。黄盖湖,水绕山,山挨水,重重叠叠,逶逶迤迤,连绵不绝。山是翠的,水是明的,青山绿水,相得益彰。湖上,金色的阳光在跳跃,远行的帆船似乎也凝滞了,而蓝天、白云几欲跌落水中。

湖边的树丛里不时露出一角屋檐,拨开灌木顺着羊肠小道,就见躲在里面的村落。稀稀疏疏,三五成群。家家挂着渔网、渔叉,户户陈着干鱼、鲜鱼。就是这么个地方,我曾两次领着北方朋友来游玩。他们很高兴和惊讶。当地人告诉我们,过了湖就出了省,东边是湖北,西边是湖南。驾船向南,可达洞庭湖,黄盖湖只是洞庭湖的一个汊。当地人还说,它原是在赤壁大战中因使苦肉计而立功的黄盖封地,后因沉陷,遂成大湖,取其名而命之,以资纪念。

夏夜,好客的渔民用鲜鱼和米酒招待了我们之后,便荡起一条木船来到湖心。风很大,很湿,每吹一次身上都要起一层鸡皮疙瘩。他却哈哈一笑,脱了身上仅有的短裤,赤条条地跳进水里,一个猛子飘出老远。我们隐隐约约见他在招手："来呀，来呀！"可我们不敢，船稍稍一晃就吓得赶紧趴下，后来索性躺在船板上，望着蓝蓝的天，看闪闪烁烁的星星。这里的天好像特别高，也特别静，能嗅到空中水的清凉，有鱼跳出水面落下的声音，还有离群的雁"嘎"的一声划过水面。后来夜深了，我们扯起船篷，裹了被单进入了梦乡……在黄盖湖边，我们还到过一个叫安咀的小村，据说是当年黄盖府的地盘，那儿有座青砖小庙，供着黄盖的木像，像似是而非，蛛网百结却香烟缭绕。

这儿的居民似乎无根无据，不知何年从何地徙来。他们春播秋收，冬夏捕鱼，生活得有滋有味。天最火的时候也是他们最忙的时候。男人们穿着短裤，不仅赤脚还赤裸着上身，长年累月，身上的皮肤已分辨不出颜色来了。一部渔网需配12个精壮劳力，两条大船，一条小船。常常是踩好点后就开始撒网，机船开得飞快，网也抛得飞快，到网收起来已经是四五个小时过去了。拉网的时候全凭人力，岸上的人像拉纤般地一步一个脚印，还喊着"吭唷、吭唷"的号子，这的确是一件很辛苦的活儿。

往往船刚一靠岸就有鱼贩子蜂拥而至，剩下的小鱼得用篾折子晒干，要是在晚上就麻烦了，在湖边用砖搭起一个简易灶，在灶上放块大而薄的铁板，然后在灶里生火，把铁板烧得通红，再把鱼倒在铁板上烤干烤熟，第二天放在太阳底下稍微一晒就能卖，这常常是妇女和小孩的工作。冬天则没有这么麻烦，主要工具是渔叉，凭经验在冻结的湖面上叉鱼。有时把鳖也毫不客气地请上来了，自然引起一阵欢呼。

在这儿没有木匠和竹匠，却又人人是竹匠和木匠。鱼篓、竹篮都自己弄，就是一条船在他们手里也算不了啥。一阵砍砍削削，木屑飞舞,再请几个人帮帮忙,两三天工夫就成了。这里家家户户都有船,当然也有电视机,还有摩托车。他们这辈子最亲近的是黄盖湖的水,咒骂人的时候往往也要狠狠地说:"叫你这辈子再见不到黄盖湖。"

黄盖湖,古老的湖,富饶的湖。

(《西安日报》1998年1月4日)

夜走山路

我第一次走进大山深处是中学毕业那年。

那天,我去看望一位同学,他家住在离市区20余公里的荆泉山里。那地方我从未去过,但听说很玄、很玄。方圆几百里,岭挨岭,峰连峰,是有名的竹产区。山的东面是岳阳,山的西边是江西,山是三省七县的轴心。

刚下汽车天就黑了,我拿起地址端详了一阵,决定朝北走。大概走了三里多路,好不容易见到了一个进山的路标。走着,走着,觉得山里的气势果然不同凡响。两岸的岩石不断从地下冒出来,其上枝叶繁茂的大树把天空遮得严严实实,看看它们裸露的根和几欲倾倒的姿势,便有一种随时扑下来的可能。渐进大山深处,路越来越无规律,一会儿悬在半空,一会儿又落在半山腰。不时有野鸡从面前"扑"的一声飞起,借着星光能看到它美丽的尾巴在夜色中摇曳。尽管已是夏天,一阵呜呜的山风吹来,我冷得用手紧紧裹住自己。放眼望去,远处山坳里的灯光忽明忽暗,如同天上的星星在闪烁。

当初同学告诉我,转三个弯,下五个坡就到了。可一路上又是东西歧路,又是南北大道,又是羊肠小道,高坎低洼,早把人转得晕头转向了。万般无奈,只得铁了心朝有灯光的地方撞去。峰回路转,没料到在我的脚下竟然藏着一簇人家。悠悠的小溪从半空中拉下来,潺潺的流水不急不慢地洗刷着光滑的石子,两位青衣女子在皎洁的月光下"哪哪"地槌衣,几个小孩则蹲在水边,用一种篾制的器皿在捞虾,弄得满头满脸都是泥。放眼望去,周围全是被纵横交错的苗条小路分割得只有巴掌大小的稻田,蟋蟀和青蛙好像没有遭围捕和猎杀的顾虑,正浅唱低吟地在较劲。

我停在一扇透着灯光的窗下,喊了一声:"请问有人吗?"

门"吱呀"一声开了,一位五十来岁的中年人走了出来。我说明来意,他爽朗地笑了。他说老婆、孩子都到娘家去了,如果不介意就请我将就一晚,明天再去找同学。

我如释重负,随他走进了院子。房子应该是新盖的,一色的青砖,一共5间。其中2间可能是预备给儿子结婚用的,21英寸的彩色电视机、全自动的洗衣机,还有冰箱和录音机。家具多是木质或竹质的,涂了淡淡的红漆,显得古香古色……当我转悠到厨房时,发现主人正在为我烧火做饭,炊烟散处,袅袅的香味夹杂着淡淡的柴火气息直入鼻翼,让人有种久违的亲切。墙壁一个不太显眼的地方,居然挂着一杆光溜溜的土铳。凝望着土铳乌黑乌黑的把托,再看看厨房横梁是悬挂的腊鸡、腊兔,我不由得想:这杆土铳的背后肯定藏有许多离奇的故事。

菜端上了,香喷喷的,状如腊牛肉,嚼在嘴里细嫩而又油香。问是什么肉?主人淡淡一笑,说是麂子肉。吃着肉菜,主人又给我斟上自制的米酒,并一个劲地劝我吃。他很少说话,只是憨笑地看着我吃,我一停筷子,他也停下来,疑惑地望着我。那眼神里的真诚让我不忍拒绝,不由得一杯一杯地碰下去。我本不善饮酒,稍一沾酒便面红耳赤,成了典型的关公脸,但菜丰酒酣,居然喝了很多也没有醉。

　　残酒撤去,月光如水,我嚷嚷着要冲凉。主人笑了笑:"你行吗?"我仗着年轻,不以为然地点了点头。他把我领到屋后,屋后矗立着一个大大的青石水缸,从山上架下来的竹管汩汩地流着清凉的泉水,年年岁岁,日日夜夜地流淌着。缸里的水满了就溢,溢了又满。他抓起石质的水瓢,舀起一瓢水从我的手背浇下,冷冽的泉水蓦地罩满了整个皮肤,冰冷的感觉瞬间刺激了我的神经,让人不由打了个冷战。主人憨憨地笑了两声,说了声"还是不习惯",就匆忙领我去洗热水澡。

　　早晨起床,我漫步出屋,才发现外面早已变成了仙界。紫雾升腾,云蒸霞蔚,白茫茫一片,被拥裹在浓雾里的太阳刚刚探出头来,如同顽皮的孩子般一个劲地挣扎着。远处不知何方,竟然有人在吹《牧羊曲》,悠扬的笛声随着飘忽的雾气在山谷间互相捉迷藏,引得清风追着它们一会儿东一会儿西地乱跑。这时,不时有碗口大的竹子从山顶呼啸而下,不一会儿就堆成了一大堆,这是早起的主人在干活了。他们都是傍晚砍倒竹子,第二天再运出山外的。

　　雾慢慢散去,山的本貌凸显出来,竟是别样的奇峻。屋子是盖在半山腰的,脚下青石砌成的台阶蜿蜒伸向山下,一眼望不到头。我不知昨晚是怎样爬上来的,也不知山里人是怎样将这一砖一瓦运进来的。

(《西安日报》1997 年 11 月 16 日)

难忘安康

在陕西的最南端有一座山清水秀的城市,横亘在巴山汉水之间。她有一个吉祥和谐的名字——安康。

汉江是那般的飘逸潇洒,没有那种一泻千里的不羁与奔放,竟像一位柔弱的南国女子。你看它似一条洁白的飘带,轻轻绕城三匝,随着青山逶迤起伏,在依依不舍的情感中缓缓淌向长江母亲的怀抱。夏天,只留下那么一弯清泓,浅浅的,绿绿的。即使就是那么不经意的一瞅,也会有一股丝丝凉意涌上你的心头。你能忘怀这水的灵性么?

夏夜的妙处毫不比繁花似锦的春与金色满园的秋逊色。当落日的余晖还在天边熊熊燃烧,我就想起了那凉风习习、繁星满天的销魂荡魄之时。碧天里的星星棋子般地吹落水中,发出点点诱人的光彩。那被水抚摸得光滑明净的鹅卵石也不甘寂寞地昂起头,望着天上人间,是不是想起了那段流逝的岁月和那个残阳如血的傍晚?

不知什么时候,江边的行人渐渐多起来。穿着肥大裤子和粗布土衣的老人,正摇着一把遮天蒲扇,一步三晃,悠悠然地走上汉江大桥。俯首栏杆,一如平静的江面。此时他们在想什么呢?把记忆的镜面擦亮吧,把一生的沧桑、经验教训、悔恨惬意尽情地倾注江中。那亘古的不了情思都在这一片江水中幻作了光怪陆离的斑斓。踌躇满志的小伙则嘴叼香烟,站在桥上极目四望,情意依依地追随江水的始发。他们有的是憧憬与希望,他们的到来不仅仅是为了享受,或许在某个不经意的沉思中已完成了一项宏伟的构想。衣着鲜艳的姑娘出落得像朵清水芙蓉,温柔得像头小猫,把头轻轻埋在男友的臂弯里,一任夜风吹起那柔长的秀发。

江边的沙地和那片翠色欲滴的树林永远是情人们的浪漫场所,依山傍水,皓月当空。这里有着数不清的山盟海誓和甜言蜜语,软了铁石,香了空气。听,荡气回肠的舞蹈奏响了,在五光十色的彩灯牵引下,出现了踏着快四、慢四的翩然起舞者。在这个老、中、青组合的江边露天舞场里,没有豪华的设备,没有不良的动机。有的只是心灵的默契,有的只是相互理解的善意。

这时,朝城里望去:那里有无数的灯光在闪烁,这是人间的星星、她们和天上的星星连成一片,每颗星星的下面都有一个牛郎织女的传说。

这里不仅景色秀丽,人们的心灵更美好!我油然想起了三月初发生的一件事。

那天,我到平利的老县城去办事。早晨还是春光明媚。路上的末班车早已过了,我带着失落与满身寒气,瑟瑟发抖地迈进了一家回民旅社。主人是一对五十左右的夫妇,他们的话不多,但给人一种质朴、亲切感。男主人刚把我引进一间温暖舒适的双人间,女主人就忙开了:先是送来两瓶开水,然后又是脸盆、毛巾,还有一双暖和的东北大头棉鞋。一股暖流顿时流遍了全身,温暖驱走了寒冷,温暖也驱走了寂寞。我如同回到了家,一头扎在床上,舒舒服服做起美梦来。

第二天早晨醒来我才发现窗外一片白,大地仿佛盖上了一层厚被,看来下了整整一夜大雪。我正诧异昨晚为什么还睡得那么香,突然发现房中多了一个煤炉子,煤尚未燃尽,正发出蓝幽幽的火光。这时主人推门进来,笑着说:"小伙子,你的瞌睡真大,手脚伸在被外还呼噜、呼噜的,我为你盖了三回被子呢!"他又告诉我第一趟班车快到了。我刚洗漱完毕,就有一海碗热气腾腾的鸡蛋面递到了手中。那是我平生见到的最大的碗,也是我吃面条吃得最多的一次,我有理由拒绝那份真诚吗?

　　车子慢慢启动了,他们还站在厚厚的积雪中向我挥手。他们的嘴唇微张着,大概在说一路小心之类的话语。

　　我知道:有景的地方未必有情,有情的地方也不一定有景,只有这里才是臻善臻美的情景交融的统一。景难忘,情难忘,安康更难忘!

(《陕西广播电视报》1996 年 10 月 23 日)

游紫阳

紫阳是个有山有水的地方。紫阳的山杂而多,无山不成形。有的青石裸露,厚重朴实;有的郁郁苍苍,一派生机;有的泥石相交,草木互生。这里列车神龙摆尾般在山中游来荡去;汽车像负重的蜗牛在山腰盘旋;自行车蹦蹦跳跳在"路"上窜来窜去。这里山势不一而和睦相处,连成一片。

水,是两山相夹而成,清得发碧。水面很瘦,偶有风飘过便卷起一层绿漪,有了这绿,水便充满了灵性与柔和。

清晨,有"哪哪"的声音把我从梦中唤醒,披衣而观,许多竹筏在慢悠悠地下丝网,一人撑篙,一个拿着两块竹片在赶鱼,可惜雾太大,看不清他们的表情。但雾是紫阳的表情,十雾九晴。早晨总有一层如烟似云的轻纱笼罩在山上水面,像个没睡醒的人懒洋洋的。直到上午才把裹得黄黄的太阳放出来,傍晚雾又上来了。因此在这样的天气走在街上,老远就听见阵阵咳嗽声,但你千万不要认为那人感冒了,那是在提醒:有人来了,不要撞在身上。

记得来的时候正是深夜。一下火车便被老板娘请进了悬在半山腰的旅馆,倒在七毛钱一宿的床上呼呼大睡。第二天起床,不禁叫了声:"妈呀!"也不知昨晚黑漆漆的是怎么上来的,一线天式的坡,陡峭的石级两旁也没个扶手,若不小心栽下去便要"咕噜咕噜"一直滚到铁路上。想着,想着,下去的时候就眼前发黑,腿发软,弓着腰一步一步地蹭,穿着高跟鞋的老板娘示威似的从我身旁"噔噔"地健步如飞。我对这个美丽精明能干的女人又多了几分佩服。说是老板娘,最多也不过三十五六岁,初看竟像20多岁一样,她白天做饭、洗洗补补,晚上就到下面的车站去拉客。有时也打扮得花枝招展到小城的舞厅去跳两圈。活泼的女人偏偏找了个木讷敦厚的丈夫,善眉善眼,一团和气,遇着了就发烟让茶。像老板娘这种情况的,街上就更多,妇女多鲜活漂亮,能言善辩;男的则木头木脑,口笨舌拙。住得长久了,还发现紫阳的街道特别有意思,被山挤得窄小窄小的,而蹲在墙根做生意的又特别多,提筐背篓的、搭摊叫卖的,人多就有些压抑。但走着走着就扑哧笑了,街的巷道七弯八拐,随便伸进一家家小巧的院落。大街没有十字路,没有东西之分,从头到尾五六里长,一贯到底,皆青石板铺设而成,走在上面光漆漆的。街尽头又遇见清清的河水,逢水遇山,这便是紫阳了。

(《作家文摘——青年导刊》1999年4月9日)

小木屋

　　转眼间，我离开故乡已经十几年了。蛰居在北方缺少灵气的高楼里，极目望去，除了灰蒙蒙，还是灰蒙蒙。这里没有山、没有水，少有树、少有草，有的只是低沉的天空和尘土飞扬的街道。从唐诗宋词的故纸堆里依稀读出的江南旧貌如拼图般支离破碎，这让我更想念我的小木屋。

　　小木屋很小，连厨房算在一起也才三间。在一排排的高大林立的木房子中间，只能算个小不点。小屋面南背北，临街而立，除了屋顶的瓦片之外，其余皆是木头做的。小木屋的主人是两个年过花甲、慈眉善目的老人。何爷爷在镇上的石板街上开了一个小杂货铺子，每天天不亮，只听见门板"吱呀"一响，便有一串踩着石板的"笃笃"声一路远去。何奶奶在家做饭、洗衣，摆弄三分碧绿的菜地，还喂了一头不大不小的猪。老人没儿子也没孙子，当我从山里到镇上读书后，就寄居在小木屋里，成了老人名义上的孙子。

　　我第一次踏着"吱吱"作响的木梯上阁楼时，曾担心地问："奶奶，木板会不会塌？"何奶奶笑呵呵地说："多少年都是这样，你的小命就那么值钱！"阁楼用淡红色的木板隔成不大不小的两间房，一间堆着杂物，而另一间放有厚厚重重大木床的房子自然就成了我的书房兼卧室了。透过楼上唯一的窗子，可以看见远处蓝天下起伏的一抹群山,群山下碧绿的稻田,还有石头山上的烈士纪念塔,以及屋后漂着柳絮的小溪……小木屋的风景是这样的简单而悠远。

小木屋的奶奶待我极好。她有一座小闹钟,一到早晨6点就丁零零地响起闹铃声,这是何奶奶在楼下的催促声,她每天都早早叫我起床读书。记得有一个冬天,下了一夜大雪,天特别冷。6点一过,奶奶照例叫我起床,可我实在抗拒不了热被窝的挽留,一次次起床的念头都被打消,我不由心里一闪,索性今天逃课吧,反正父母也不知道。何奶奶在楼下喊了半天,见没人答应,就自言自语地说:"这孩子,这么早就走了?不知衣服穿得暖不暖?"我暗暗一笑,知道奶奶以为我走了,便放心大胆地蒙头大睡。不知道过了多久,我忽然被人从梦中推醒,定睛一看,只见何奶奶满脸怒容站在我面前。原来奶奶怕我冷,冒着严寒去学校给我送围巾和棉鞋,才从老师那儿知道我没去上学。这是奶奶第一次责骂我,责骂我不知父母的艰辛,责骂我不懂得珍惜……我默默地聆听着这非亲非故的教诲,愧疚的泪水渐渐模糊了我的眼。

一段时间,小镇的治安不好,何奶奶不让我晚上去学校上晚自习,要我待在阁楼上自己复习。为防止我偷懒,奶奶要求我大声诵读,必须让她能在楼下听到。奶奶吃肉、喝酒却念经,声音低沉而悠远,似哭非哭。我的英文里夹杂着低沉的诵经声,在苍茫的夜色中幽幽然飘动,怪腔怪调引得不少路人悄悄朝小木屋里窥探。我那时还小,尚不知佛与鬼的区别,月黑风高的晚上,奶奶的诵经声常常使我想起《聊斋》里的恐怖场面,以至于我梦里常被牛头马面在追赶。

遇上刮风下雨,小木屋就停电。外面呜呜的风吹得小木屋几乎摇摇晃晃,雨点儿打在木板上噼噼啪啪。在这种氛围中,我便独自捧着金庸、梁羽生的小说在摇曳的烛光和刀光剑影中直至深夜。这种状况如若让奶奶碰见,我总能得到苹果、饼干之类的嘉奖。因为她不识字,见我"用心"读书她就高兴,还常常给人夸我爱学习。可这种"刻苦"使我的成绩像拴了秤砣般地一个劲下降,弄得父亲不得不来小镇了解情况。当父亲从我床底下搜出一大摞武侠小说时,我在奶奶面前恨不得找个地缝钻进去。

后来,我离小木屋越来越遥远。在黄土高坡的窑洞里,在茫茫草原的帐篷里,在都市边缘的小店里,我无时无刻不在思念小木屋。小木屋的燕子是否还在飞进飞出?小木屋的主人是否依然健在?

(《安康日报》1997年6月7日)

无名小店

有一年,我从外地流落到陕南的一个无名小镇。镇很小,稀稀疏疏地住着百来户人家。小镇没有火车,少有汽车,满街跑的是当地人称为"蹦蹦车"的小三轮。第二天早晨,走出破旧的旅店,我满街转悠,想找个吃饭的地方。

兜了一圈再一圈,我垂头丧气地回到旅店。听着不争气的肚子咕咕作响,不禁埋怨起来:"什么鬼地方嘛!连个吃饭的地方都没有!"店主一听,哈哈大笑。他说:"小伙子,你再瞧瞧……"我顺着他手指的方向望去,离这儿不到100米的地方有座白色的房子,白墙黑瓦,外面饰有一串小彩灯。我突然记起,昨晚黑天黑地经过时还以为是个发廊呢。走过去看看,才发现这个饭店有点怪,一没招牌,二没锅灶。正在疑惑时,两个与我年龄相当的女孩伴着银铃般的笑声走了出来,学生头,白色的连衣裙,明亮的眼睛清澈得如山涧的泉水。"您好,吃饭吗?请进!"悦耳的声音如夜莺在歌唱。当我回过神来时才觉得有点不对劲,她们个头一样高,模样一样俊。我使劲揉揉眼睛,看看左边这个,又望望右边那个。两个女孩又是一阵大笑,其中一个介绍说:"我叫金珠,她叫银珠,我们是双胞胎。我是姐姐,她是妹妹。"

店小,仅容得下摆两张圆桌,但整洁、干净。雪白的墙壁上,东边贴有服务公约、文明用语,字虽写得不是很艺术,但娟秀整洁,情真意切;西边挂着几幅明星照,时尚却不张扬。店后有个小院,锅灶支在院内半开放式的厨房里,她们说这样马路上的灰尘就不会沾洒在饭菜里。我说怎么没有饭店的标志,许多人都找不见哩!她们竟异口同声地说:"好酒不怕巷子深,您这不是找来了吗?"真是伶牙俐齿!我倒要看看你们卖得什么酒。

我顺便在一张桌子边坐下来,还没来得及仔细打量,便有一杯热气腾腾的香茶端上来,居然是小叶绿茶,香气袅袅。末了还招呼一声:"您看书不?"看书?我有些惊诧,怀疑自己听错了。我满腹狐疑地问:"哪儿有书?"顺着她们的指引,我转身看去,原来我背后不起眼的角落里放了一张小书桌,书桌上摆着《读者》《青年博览》《当代青年》《知音》几本杂志和《呼啸山庄》《简·爱》等几本书。书桌旁边照例贴着主人的话语:"来往都是客,敬请爱惜书。"

做饭时,我"故意"给她们出了道难题:要米饭。我知道,陕西人一贯以面食为主,很少吃米饭,很少做米饭。没想到她俩很爽快地就答应了。紧接着,一个点火蒸饭,在灶上把炒勺舞得上下翻飞;一个打水洗菜,在案板上将菜切得当当作响。这期间,我看见三三两两的人陆陆续续走进店里。姐妹俩见了,脆脆地招呼一声"您来了",也不问人家吃什么,好像胸有成竹似的。而客人们也不见外,自顾自坐了,好像到了自己的家一样,或拿水或看书,或拉家常或与姐妹俩开玩笑,或帮忙择菜或自取酱醋。不一会儿,各式饭菜均已做好,臊子面、棍棍面、刀削面、蛋炒面,还有一些我叫不出名称的面食分门别类地端到了每一位客人面前,就像碗上有她们的名字似的。

吃着吃着,有一位老人突然咳嗽起来,可能是被辣椒呛着了吧。姐妹俩闻声而来，一个端茶，一个轻轻捶背，温言软语地说："您老先歇会，不着急。饭凉了不要紧，等会儿再给您做热的……"

我本来想借着可口的饭菜再多坐会儿，怎奈客人越聚越多，挨挨挤挤。很多人盯着我的位子，一直在催。我一看位置保不住了，只好扒拉完饭菜，蹲在一边看书去了。书架上角落里居然有一本卢梭的《忏悔录》，我一下子看进去了。

等回过神来，才发现四下里早就静下来了，客人们不知什么时候已经走完了，只剩下姐妹两人在静静地打扫店铺。天色已经不早了，但她们不催我，只是轻手轻脚地收拾东西。我抱歉地放下书，正准备离去，不想一杯热腾腾的香茶又送到了我的手上。我突然想起来，我还没有付账，忙红着脸掏出钱来。"两个菜，一碗米饭，总共两块五。""两块五？"这么便宜！

姐妹俩笑了："小镇有着丰富的木材、竹子和特色农产品，南来北往的各路客商常年聚集在这里，来这儿吃饭的大多是回头客，所以我们的饭菜都很便宜，一般一顿7毛到1.5元。"听了这话，我终于明白她们为什么敢夸"好酒不怕巷子深"的豪言了。

很多年过去了，我忘记了那顿饭的滋味，但怎么也忘不了小店的模样。世上有名无实的饭店见得多了，就更加怀念那个朴朴实实的无名小店。

（《西安日报》1997年8月20日）

初　夏

我一向认为,城市与乡村的差别莫过于在季节的更替与嬗变中。在都市,自然的婀娜多姿和万种风情似乎全藏进了所有的高楼大厦,而我们寄情于景的心灵家园也几乎被鼎沸的市声淹没。我不知道,在文明层进式的演变中把自然与生命看得等同,甚至高于此的现代人有何感想。而初夏好像是其中最容易被忽略的细节。

初夏完全是万紫千红、落英缤纷的暮春的延续。当自然界的接力棒传到此处时,生机勃勃的春季仍没有退让的意思。这么多年来,我站在高高的阳台上,在不经意间第一次享受了一番即将擦肩而过的城市初夏。这时,我得感谢我窗下那一排排不知名的杂树。在我推开窗户的一刹那,蓦然发现那些长得堆砌在一起的尖尖树叶已经绿得发青了,有些逼人的眼睛,每根叶脉都汩汩地流涌着诱人的绿,还有一些细而黑的枝条上的嫩芽正在散播着绿。三五只久违了的麻雀也在树杈跳跃着,搅动这满树的绿。在这片绿色的特征里,阳光也不甘示弱地发生了些许变化,从最初温暖柔和的淡黄变得有些直白,令还在做着青春梦的绿叶也微微俯了俯身子。但这一切还是丝毫不能影响有人把其当成春天。看,对面的一扇窗打开了,一对年轻夫妇的头伸出来了,憧憬着这绿;又一扇窗打开了,一个白发苍苍的头伸出来了,回忆着这绿;一张充满稚气的脸也露出来了,正指点着这绿……一对穿着短袖、骑着自行车的行人正从这绿中呼啸而过。面对"短袖",我才确实觉得这已不是春天的绿了。也许,这些人也正如我一样在忙碌的都市里丢失了春天,享受了秋天,感受了严冬,而错过了春夏交替的初夏。

在这里,我无法不回到乡村那明朗而不暧昧的初夏中去。对此,许多城市人恐怕永远是此情可待成追忆的事了。这个季节,直到上午九十点钟,绿草上、树叶上、竹节上滚动的晶莹剔透的露珠才一颗颗在阳光下收敛起来,空中到处弥漫的是一股青绿的味道,太阳初升时,半山腰飘荡的是由雾、气交织而成的缥缈腰带,远处、近处的池塘、沟畔、湖泊旁到处是疯长的青草,或淡雅或娇艳的花朵,水牛就在这一簇簇的青草丛中用嘴唇悠闲地拨拉着。地里的麦穗也饱满了,如一双双睁得大大的、充满希望的眼睛……这种乡村初夏的白描不知能否勾起一点点我们若有若无的思绪?

其实,在我们忙碌奔波的身影中,我们遗失、错过的岂是一段自然时光。而更多的是生命本身的最精彩的部分,在我们的不知不觉中难道不也失去了许多"初夏"的风采吗?

(《西安建设报》2003 年 3 月 15 日)

秋 雨

这段时间,淅淅沥沥的秋雨总下个没完没了,天便一天天凉了起来,虽然中秋刚过,我已穿上了夹克和秋裤。

在西安已有20多年了,我记忆里的秋雨从来没有这么长,这么浓,这么愁。

我是喜欢雨的。南方多雨,春天的"牛毛雨",夏天的"黄梅雨",秋天的"连阴雨",冬天的"风雪雨"。每种雨都风情万种,把自然演绎得千变万化、婀娜多姿。在老家的土屋,听着或大或小、或高或低的雨敲打在青瓦上的"嘀嘀""嗒嗒"声,像是忽急忽缓的鼓点声,心里满是如水的平静。要是在这样一个多雨的夜晚,伴随着风吹过树梢的哨声,在昏暗的煤油灯下翻开一本武侠或侦探小说更是妙不可言。乡村有雨的夜晚少不了丝丝的凉意,紧裹床单或被子蜷缩在床上听着一阵紧一阵的雨声酣然入梦也是一件非常惬意的回忆。

其实,喜欢雨在内心深处还有一种难言之隐。那时,家里有8口人,而主劳力只有父亲和母亲,我们10多岁就开始给父母打帮手干农活。那时,感觉放假是件很痛苦的事,特别是漫长的暑假。酷暑的清晨是难得的凉爽时刻。我们在睡梦中一个个被父母叫醒,手持镰刀踩着小草上圆滚滚的露水来到田间割水稻,周围寂静,村子里此起彼伏的公鸡打鸣声、林子里偶尔的鸟叫声、稻田里不知名虫子的呓语声,一切都听得真真切切,格外分明。天上的启明星还在一闪一闪的,在月亮清冷的光辉下,我们挥舞着镰刀,谁也不说话,连续多日的美梦被惊扰,我有些莫名的恼火,把所有的不满都发泄在收割水稻上,随着"唰唰"的声音,成片成片的稻子不断被放倒。等到太阳红着脸出来的时候,我家一块田的稻子已割掉了大半。下午,我和父亲抬着打谷机再来到田间,上午的劳动成果都静静躺着,谷粒上的露水早已晒干,禾秆也软绵绵的。大把大把的水稻被送到打谷机前,在机器的轰鸣声中,沉甸甸的稻子脱离了禾秆,粉碎的禾叶随着微风飘到脸上,与汗析出的白色结晶混合在一起,痒痒的,像虫子在脸上爬。如水的月色中,我们或扛着麻袋,或挑着箩筐走在回家的路上。

  那时,我盼望着下雨,却不希望下雨。有一年夏天连续下了两三天雨,晚上又刮了一阵大风,结果稻子全倒在水里发了芽,家里吃了半年"救济粮"。南方的夏天多暴雨,多发生在中午和深夜。有时正吃午饭,几声闷雷滚过天边,一阵乌云就压过来,豆大的雨点随即砸下来,空中瞬间弥漫了尘土的气息,大家手忙脚乱放下饭碗,赶忙把晒谷场上的稻谷拢成一堆,用帆布或油布盖上。最可恶的是深夜下雨,前半夜还月朗星稀毫无征兆,后边雨就在轰隆隆的雷声中接踵而来,无论睡得多香,这时也得一骨碌滚下来,把晒谷场上的东西整理好。因此夏天的雨让人既爱又恨,爱恨交加。

  而秋雨不一样。如果说夏雨是一个脾气暴躁的莽撞小伙,秋雨则是一个温柔的小姑娘;夏雨下起来是一串串,秋雨则是一丝丝。在细细的秋雨中,用不着防护措施,我们扛着锄头在地里刨红薯,拿着铁锹在池塘起莲菜,或是牵拉着钓竿在溪边钓鱼,或是啥也不干,站在雨中发一阵呆,远处的山峦笼罩在一层薄薄的雾气中,树叶也还是绿绿的,田野留下的是稻谷割后参差不齐的禾茬和扔得东倒西歪的草把子,土壤半干不湿,空气仿佛能拧出水来,看着看着,浑身都能透出一股爽劲来。没有人强迫,也不用赶时间,完全是随心所欲的休闲式干活。我常想,这秋雨是对南方长年累月在田间地头辛苦劳作的人们的馈赠和调剂。相比而言,北方农民还是稍稍幸运些,不用春天在冰凉的泥水里赤脚插秧,不用夏日在暴晒的田间收割水稻。因此,在这样的环境里也就不难理解北方农民更恋家,向往老婆、孩子、热炕头的生活了。

窗外的秋雨还没有消停的意思,好像憋足了气,要把这座城市十三朝的历史诉说完,即使短暂停顿也是且听下回分解的套路。这是北方,这雨也下得粗犷、豪气,城市多处积水,公路多处塌方,群众多人受灾。我又打电话给老家的母亲,一边谈论这边的秋雨,一边不自觉地在脑海中闪现一些儿时的往事和秋雨的故事。

租　房

　　我本是住在大学里的,8个人一间房,不足20个平方米。8个小伙子,再加上林林总总的生活用品,叮叮当当的小零碎,以及来来往往的同学老乡,挤得几乎让人喘不过气来。况且中文系的学生爱闹腾,自习课后楼道里便传来各色人等的吹拉弹唱,嘈杂的吉他、生涩的笛子、断断续续的口琴、锯木头般的二胡,以及歇斯底里的摇滚,都是每天必不可少的"功课"。我呢? 又偏偏喜欢独处,是个好静的"文学青年",常常想安安静静地看看书、写写文章。无奈中,我几乎想尽了办法,用耳机塞住耳朵,用被子蒙住头……穷我所能。躺在床上辗转反侧,我多么希望能拥有一间属于自己的房间啊,不论大小,唯愿清静、清静。

　　好不容易到了暑假,我因为要给一家出版社写稿子,需要留在西安。而学校的宿舍放假不让住,我自然得去外面租房。那天正下着小雨,我乘车来到距离学校10多里外的、被称作"村"的地方。实际上,在乡下人的眼里,这儿也应该是确切的城市,有集市、有商贩,有来来往往的车辆和熙熙攘攘的人流,只不过房屋少几层,规划乱一些,街道脏一些。在这个城市边缘的地带,住满了为生计奔波的中年人和为事业打拼的年轻人,他们每天来往于城市和边缘之间,希望总有一天能够从边缘挤入中心,不再回到这里。但对我来说,这是个理想的地方,既少了都市的喧嚣,又没有割裂都市的文明。

　　找了一圈,终于看中了一间。房东是一位胖胖的大嫂,她热情地把我领上二楼,声称仅此一间,别无他房。我环顾四周,见房间和自己的宿舍差不多大,前后都有阳台,特别是后面的阳台不但宽敞,而且还养了些花花草草,潮湿的细雨中,几朵娇艳的月季开得正艳。我想:难得主人有这份雅兴,相处可能也不难吧。于是很快和大嫂谈妥房租后便打算在此安营扎寨好好地住下了。

　　接下来,我开始打扫、收拾房间。拖地、擦桌、铺床,然后在床头床尾的墙壁上贴上《星期天》《北京青年报》《南方周末》等诸种报纸,这并非是附庸风雅,一是为了干净,二是我对这几种报纸有着特殊的感情,躺在床上休息时还可以顺便看看。在靠窗的地方,我摆好书桌,铺上桌布,把台灯放在合适的位置,再把自己千辛万苦弄来的两捆书整齐地罗列好,还有笔筒、墨水、录音机……整个房间虽然没有富丽堂皇的装潢,也没有明星玉照、名家字画,而且一个人住显得有些空荡,但我已经心满意足。这正是我想象中的、期盼已久的房间。

　　虽然已经是盛夏,睡在房中的第一个夜晚我还是盖上了被子。躺在床上,周围静悄悄的,我实在不适应这份难得的舒适与温馨,一晚上几次拉亮台灯,时而看书,时而写字,就像一个穷孩子突然跑进了堆满珠宝的山洞,一时间不知道要哪件好。早晨起来,我坐在阳台看书,暗自庆幸自己找到了这么好的地方,今后一定会才思泉涌,下笔如飞。

　　又过了两天,雨住了,天也放晴了。我渐渐感到有点不对劲了:开始是窗下不断传来汽车的马达声,刺耳的鸣笛声;接着又是噼噼啪啪的砖块声,夹杂着铁器的撞击声、电焊的"滋滋"声……

我打开窗户一看,原来对面的人家在盖新房。还不到中午,就有此起彼伏的小贩的吆喝声:"黄瓜、辣椒、鲜柿子哩!""西瓜、苹果、甜葡萄哩!"声声圆润,铿锵有力,至晚方休。我被吵得头昏脑涨,心想,那就到晚上再学习吧。

天慢慢黑了,建筑的声音总算消停了,小贩们也回家歇息了。我刚拿起笔,就有一首遒劲的歌声飘过了:"妹妹你大胆地往前走啊,往前走,莫回呀头……"起初,我还以为是哪家的录音机放出了超大音,并没有太在意。谁承想,那声音越来越高,几近号叫,我才明白是街口的露天卡拉OK。如今这年头,会唱两句歌,都以为自己是天生好嗓子,能成为当红歌星,而当仁不让地自封"麦霸"。现在正是酷暑难耐,很多人外出乘凉,顺便K歌、喝酒,因而街口的两家卡厅生意一家比一家好,不到12点丝毫没有休息的意思。

都怪这该死的雨,当初把一切迹象都遮掩了,害得我在此受罪。骂过、恨过之后,我更盼下雨,只有下雨了我才能得到片刻宁静,就连房间里的蚊子也可以对我少份青睐。

一晃两个星期过去了,天空还是晴朗如初,没有只云片雨。不得已,我只好慢慢去适应。好不容易能在K歌中安睡了,没想到新的烦恼又接踵而至,一些暑假没有回家的同学不断隔三岔五"看望"我,今天是你,明天是他,他们这番好意终使我整天字不能成句,文不能成篇。我要给他们做饭,陪他们聊天,甚至于夜晚与他们同眠。胖大嫂脸上的笑容也不多见了,她整天打麻将输了钱而骂骂咧咧。阳台上的花草因为少雨并疏于照料而一日一日地萎黄下去,只有那一架绿茵茵的葡萄一个劲地疯长,给我带来些许的好心情。

(《星期天》1997年7月26日)

边缘地的书店

那年夏天因无法承受闹市过多的喧嚣与热浪,我搬到郊区一个被称作"村"的地方住下。说是村,其实是这个城的"边缘地",但它在乡下人心中仍是实实在在的城。汽车跑得像一阵烟,集市人来人往,只不过楼顶比市里的矮了几层,卡厅、舞厅、录像厅倒比市里还多,很快我又感到厌倦了。

那个细雨绵绵的上午,我被屋前房后"乒乒乓乓"的基建声扰得再也无法看书、写字,就出了门,到街上胡乱转起来。转来转去快回到住房时,突然我眼睛一亮,视野中出现了一个小书店,店极小、极小,三面皆墙,一门,无窗。信步进去,店里仅三排书架,一架古代小说,一架杂志,一架近现代小说。有三三两两的人正在看书、翻书。奇怪的是,更多的人只需在一个本上写上姓名和书名,然后随便放个证件,夹起书就走。到吃午饭时,人稍稍稀少了,两位姑娘开始整理书,我便饶有兴趣地问谁是主人。她们回头相视一笑说她们就是。我又问为什么看书不收费。"收费?"她们哈哈大笑,似乎有点少见多怪之意,倒把我羞了个大红脸。"不就是几本书么,只要有人爱看。"回答是轻描淡写的。我们就这样一问一答地闲聊起来。

她们告诉我,她们是姐妹俩,姐是大三学生,妹是大二学生。

暑假回来后发现家里这间房空着,加之这几年读书、看书,也积了不少书,空着怪可惜的。村里年轻人多,因盖房又来了不少外地民工,精神贫乏了就容易滋事。姐妹俩一商量这事,父母也就同意了,从自己动手做书架到"开业"前后只有两三天时间。这样一解释我豁然开朗,也就明白她们不赚钱的道理了。她们还带着歉意说时间匆忙,显得粗糙了些,如果有条件,要发展成村里第一个一流的阅览室。

以后的日子我也频频光顾这个小店,觉得在这里才能安顿一颗烦躁的心,也只有这里才阴凉可人。每当夜幕来临的时候,小店对面的卡厅开始了,旁边的舞厅、烤羊肉串摊也开始了,可读书人的神情仍是那么专注,仿佛这个世界上只有他们存在,一批人走了又一批人来了,既有新面孔也有老面孔。我又多了许多感慨:这小店像沙漠中的绿洲,给思想荒芜的人以清泉;像山野旧亭,给在人生旅途跋涉的人以休憩;它更像黑夜里的指明灯,使许多丧失了精神家园的人重新找回温暖的感觉。

又是一个细雨绵绵的上午,我见这姐妹俩坐在门边,像哲人般地沉思。姑娘,你在想什么呢?

(《安康日报》1997 年 9 月 20 日)

都市听歌

当我被都市里那些拥挤的房屋和行色匆匆的人流弄得躁动不安和莫名的恐惧时，往往对自己说："放飞一下心吧，到户外去听听大街上飘荡的流行乐，也许它会使你重新鼓起生活的勇气和做人的尊严。"

可这个时期我听到的大多是以"妹妹"为主题的缠绵悱恻之音，反而又使我孤寂的心里增添了丝丝淡淡的忧伤与悲哀，只得在夜色中落荒而逃，重新回到蜗居的小屋，我不禁痛苦地反问道："都市究竟怎么啦？"

正如那个时代流行黄军装一样，"妹妹"转瞬间就占据了都市的各个角落。先是"纤夫的妹妹"，再是"轿夫的妹妹"，近来又冒出了一位"漂亮的九妹"。歌曲以什么题材为内容似乎无可厚非，正如萝卜青菜各有所爱。所谓"劳者歌其事，饥者歌其食"。

可惜的是，这些自诩为"半民歌、半流行歌"的混血儿脱离了起码的真实，把人引入了一种误区。一位著名的老诗人曾以自己在长江边所见的纤夫及环境为证，指出《纤夫的爱》中，"妹妹没有闲情雅致在船头荡悠悠，而为生计所迫的纤夫哥更不可能有在拉纤中拉着妹妹的手亲个够的浪漫劲，纯粹是把才子佳人的故事扣到劳动人民头上"。

如果说歌声是一个民族、一个时代的乐章,也许并不过分。因为好的歌不仅能鼓舞士气,催人奋进,还总能使人悟出一点生活的哲理和生命的真谛。因此在伏契克的《绞刑架下的报告》一文中,"老爸爸"尽管五音不全,在监狱中还是不停地歌唱,他说歌声就是生命。而我四岁的侄儿,不知 1+1,a、o、e 为何物,却能用稚嫩的童音唱:"抱一抱,抱一抱,抱着那个月亮笑弯了腰。"并没人教他唱过,只因都市的音乐是这么流行的。这是一件多么令人哭笑不得的尴尬之事啊!

　　另据一项资料表明:我国的青少年中有 30% 的人唱不全《国歌》、40% 的人不会唱《中国人民解放军进行曲》、60% 的人不会唱《国际歌》,即使是大学生,也有近 1% 的人不能完整地把《国歌》唱完。这不能不是一个令人忧虑的信号,意味着这一页历史在他们头脑中将是一片空白,而西方早就有人扬言,要使这一代成为他们不战而胜的产物。

　　都市作为现代文明的窗口,千百双眼睛都在注视着它,而它就不能唱出一首具有时代感,振奋人心,对后代有启迪作用的都市曲吗?

(《星期天》1996 年 10 月 5 日)

怡情自然

那年夏天,毫无进展的学业以及初恋的失败,使我的心情被彻底地破坏了。日子在沉沦中一天天溜走。我试着放松自己,听音乐、打篮球、看电视……可我似乎百药不进,毫无起色,什么作用也没有。

好友劝我到外面去散散心,来一场时髦的"说走就走"的旅行。我平常本不喜欢旅游,总固执地认为那是"闲逛",是花钱买罪受。他们便巧舌如簧地鼓动我,说那儿是苏轼先生为仕时造就的一个人工湖,景色是如何的巧夺天工,湖水是如何的清澈明净,垂柳是如何的娇媚柔绿,嫩荷是如何的清丽可人。我在他唾沫星四溅中不禁怦然心动,将信将疑地跟着几位朋友开始了平生第一次旅行。

坐在汽车上,五个多小时的颠簸完全把我带入了另一种境界。油油的麦苗、薅草的农民、泥土的清香,还有鸡鸣犬吠。我仿佛走在家乡的田野上,好像回到了农村的家,心中涌动的是温暖与欣慰。拜谒了文忠公祠中的苏老夫子后,我独自登上了园中最高的土台。极目四望,小城风貌尽收眼底,白色的墙壁正在阳光下似柔波闪动。凉亭中仅有一人且手执横笛呜呜地吹着、看着、听着,我突然激动起来,忘情地唱起一首古老的民歌,多日的抑郁随着歌声缓缓流出,流向了广袤的自然。

那个地方,湖不及我家乡的鱼池大,水不如我家乡的绿,但我却怡情其中了。人最初来自自然,最终也回到自然中去了。但更多的时候我们在忙忙碌碌的生活中就忘记了自然,实在是罪过。

(《陕西日报》1997 年 8 月 22 日)

竹里馆

竹里馆是曲江春晓园中的一个不起眼的"小角色",如果把它放到威武雄壮的兵马俑、暮霭沉沉的大雁塔、振聋发聩的晨钟暮鼓中就更相形见绌了。竹里馆我曾去过三次。

第一次是冬天。当时的北方不仅奇寒难耐,而且萧瑟凄凉,枯草遍野。拾级而上,一眼发现了那些长满山坡的青青翠竹和隐逸在竹林中的小屋,绿意盎然,顿生几分亲切。这于我南方的故乡景色是何其相似啊!

第二次来竹里馆,大约是秋季。一位远居天涯海角的老兄来此游学,我约他专程来此一聚。这里景色他自然是看不上眼,觉得太过矫揉。但说到王摩诘的诗,他两眼放光。我们幽坐在竹里馆,边吟边聊,不觉日落西山,暮色低垂,而我们谈兴不减。"独坐幽篁里,弹琴复长啸。深林人不知,明月来相照。"……那天,我们将这些都装入头脑,轻轻带走,生怕留下一丝遗憾。

我印象最深的是第三次,也就是今年夏天。那时,西安上空的太阳特别火,不仅烤焦了绿的草、绿的叶,也烤得人唇干口燥,心烦意乱。我待在三面皆墙、无窗,只有一扇小门的斗室里承受苦不堪言的"暖意"。一天,我去春晓园解烦。穿过一条夹在重重叠叠假山下的小径,走上一座淙淙流水的石拱桥,再爬上一个两岸丛林茂盛的高坡,就到了熟悉的竹里馆。或许是天太热,或许是已近中午,这儿异常宁静,几乎没有人。昔日翠绿的竹叶在太阳的炙烤下略显憔悴,但灌溉竹林的水正从水管里汩汩流出,恰到好处地为它补给了清凉。馆里馆外的青石凳早被人磨得光亮光亮的,清灰的底色孕透着凉意。到了这里,我身上的燥热突然间跑得一干二净,人从头到脚都凉了下来,仿佛到了世外桃源一般。竹里馆的"天花板"是用串在一起的细竹铺成的,日长月久,上面成了燕子的乐园,布满了大大小小的燕子窝。竹里馆的四角均立在石桩上,轻巧灵动。我想,这也许是这座木质小屋经年不坏的缘故吧。不时,有叽叽喳喳的麻雀从竹林里飞上飞下,飞进飞出,山风徐徐吹来,叶动枝摇。四周无人,我索性在馆内的长木椅上躺下,闭目微想,仿佛时光穿梭,我依稀回到了千年之前⋯⋯不知过了多久,我忽然被一阵抑扬顿挫、叽里咕噜的外语朗诵惊醒,睁眼看时,对面长椅不知什么时候多了一位短发女孩,女声悠扬,正在背英语课文。我恍然若失,原来自己竟然睡着了。走出竹里馆,太阳也不那么刺眼了,空气也不那么燥热了,馆外石桌上两个男孩正在楚河汉界上杀得难解难分⋯⋯

  一切都是那么的爽心、悦目、和谐。竹里馆是我这个夏天唯一有着清凉记忆的地方。

(《陕西日报》1997 年 9 月 26 日)

童年钓趣

我的童年是在江南的水乡度过的,老家门前不仅有小溪,也有大大小小四五个湖泊,有水的地方总少不了鱼,有鱼的地方也总能看到钓竿横斜,钓趣盎然。农村人忙于生计,能安然享受这种垂钓之乐的人不多。所以,在我的家乡,钓鱼的多是一帮"小萝卜头"。村里的孩子,以野著称,别瞧他们身高不及钓竿的一半,却个个是钓场老手。每逢放学,他们就扔下书包,拿起自制的鱼竿,大声呼喊着,相约向湖边跑去。

可这里面却不包括我!

我打小身材瘦弱,内向腼腆,从不敢和村里的同龄人叫板。再加上"望子成龙"的父母要求我"两耳不闻窗外事,一心只读圣贤书",从来不让我乱跑。他们告诫我"打鱼摸虾,误了庄稼,只有'花子'才那样"。因此,每当我看见伙伴们欢呼雀跃地从窗前走过,或雄赳赳、气昂昂地满载而归时,我总是心痒难耐,以至于眼里噙满了委屈的泪水。

那年夏天,闷热难耐,火热的空气包裹了大地许久。终于,有一天,老天奇迹般地将一场大雨带到了这里。雨水尽情地欢唱着,填满了所有能盛水的沟沟坎坎。有水的沟沟坎坎里居然各种鱼儿泛滥,特别是黑鱼,尤其多。黑鱼又称乌鱼,是一种头像梭子,眼珠凸出,乌黑细鳞,长着利齿的食肉鱼,模样颇似鲨鱼,性情暴躁,非常凶猛。所以,钓黑鱼时必须用有倒钩的钢钓钩,用结实而有弹性的细尼龙绳,用蚱蜢、大蚯蚓、青蛙等做饵子。黑鱼有恃无恐,是有勇无谋的"匹夫",最容易上钩。所以,那些日子,村里的小钓手们可有了用武之地,他们每天都凯旋,有的一下午就能钓10多斤。除了我家,满村上下处处充满了惹人的鱼腥味。

我早就按捺不住了,偷偷在底下跟奶奶说了多次。好不容易有天下午,在奶奶的"掩护"下,我逃脱了父母的管制,悄悄地溜出了家门。我找了个锈迹斑斑的鱼钩,虽然有点弯,但也凑合。没有尼龙绳,我就搓了根细麻绳,再逮了只癞皮青蛙做鱼饵。再左右看看,也没有合适的东西做鱼竿,干脆也不要鱼竿了,直接提在手里,像提着一条猪尾巴一样,兴奋地奔向湖边。

这副打扮,我自然不敢去找"大部队",一则怕他们取笑,二则怕在外劳作的父亲发现。于是,我找了个偏僻的小水洼,迫不及待地将拴着鱼钩的麻绳扔进了水塘。我不奢望有鱼上钩,我知道这希望是非常渺小的,我只求坐在水边,过一把垂钓的瘾。没想到,姜子牙的直钩能钓来周文王,我凭借一根麻绳居然也钓到了一条一斤多重的黑鱼!现在想来,那日的情景仍历历在目。当时,我手里捏着麻绳,正百无聊赖地想要不要放弃,突然间麻绳一紧,猛然间朝水里缩去,我意识到,有鱼了。我心里既激动又慌张,赶紧一抡胳膊把绳子朝上一拽。好在绳子结实,那鱼便在空中划了一道美丽的弧线,重重地摔在岸上。是一条黑鱼,乌亮的鳞片在阳光下熠熠生辉。我顾不得多想,赶紧把鱼用一根小树枝拴住,郑重地提在手中,钓钩也不要了,乐颠颠地给奶奶报喜去了。

奶奶的嘴张得老大,"你?你也钓到了鱼?还这么大?该不是这鱼瞎了眼吧?"奶奶无心的一句玩笑话提醒了我,我忙在鱼头上观察。结果证实，这条鱼的确有一只眼睛不见了。从此，我钓瞎眼鱼的笑话就在村里流传开了，窘得我好长时间都不敢在伙伴们跟前露面。

只是在我的记忆里，那顿鱼汤鲜美无比，比我任何时候吃到的都要美味。

(《星期天》1997年2月8日)

卖冰棍

我唯一一次"经商"经历是在上小学四年级时卖冰棍。

那天,我破例起了个大早,拿起绳索和扁担去找邻村的二狗,他是我的合伙人。二狗在他妈陪嫁的那只油漆斑驳的木箱外钉上塑料薄膜,里面又铺上厚厚的破棉絮。这样,一个简单的冰棍箱就做成了。我和二狗抬着那只几乎和我们个头一般"高大"的冰棍箱子,晃晃荡荡走了10多里小路,才来到镇上的冰棍厂。

冰棍厂门口,早已排起了"长龙",我和二狗足足排了半个多小时才轮到。冰棍每根进价2分,我们把身上所有的零钱数了又数,刚好够进100根。把所有冰棍整齐地码进箱子,已近中午。太阳把它所有的能量无情地倾泻在我们身上,流在脸上的汗水如虫子般蠕动,赤脚踩在堆积着厚厚尘灰的土路上就像踩在一团火上。我和二狗吃力地抬着冰棍箱,不敢有丝毫懈怠。

因为是第一次做生意,我和二狗的嘴巴就像贴了封条一般,谁也不愿意先启齿。回家的路程已经走掉了三分之一,而我们的生意还没开张,冰棍还没有卖出去一根。我和二狗别提心里有多着急,弄不好这两块钱的冰棍都要化成水。

在一棵大树底下,我们一口气吃了三根冰棍,舌头都麻木了,还是没有商量出谁来叫卖。最后,不得已只好用"剪刀石头布"来决定谁先出头。结果，二狗运气不佳，只好极不情愿地站起身来去招徕生意。正在这时，稻田里一对锄草的夫妇在收拾农具准备回家，二狗瞅准时机，壮着胆子上前"叔叔、阿姨"地叫开了。酷暑当头，正午的田间劳作，使他们正需要解暑，所以第一笔生意非常顺利地就成交了，他们一下子就买了4根。

期待已久的收获将我们的饥渴与疲劳一扫而光，我和二狗再也顾不上猜"剪刀石头布"了，都争先恐后地扯开嗓门大声叫卖："冰棍啊！卖冰棍啦。"引得那些中午干活或闲暇纳凉的人们纷纷侧目并时有惠顾。就连那些光屁股玩耍，在水里摸鱼的"野小子"们也禁不住诱惑，缠着妈妈、奶奶讨来几分钱买根冰棍高高兴兴地离去。而且，我们还摸索出一套"送货上门"的经验，抓住那些老大爷、老大妈特别心疼我们俩这副"受罪"模样的心理，一番可怜的口舌之后，总能卖掉三两根。

就这样，等到家门口的时候，太阳已经下山了。漫天云霞辉映着两张兴奋的脸，我们的肚子早空了，我们的箱子也卖空了，但我们的心是满的。除掉损耗，我们每人纯赚了一块钱，这在那个年代可是一笔巨款。

晚上吃饭时，母亲看到我们狼吞虎咽的样子和肩膀上晒掉的皮、脚上磨出的大血泡，眼圈红了。躺在床上，我才猛然想起，老师布置的作业我还没有做呢！

(《星期天》1997年7月5日)

乡村放牛

我小时候生活在南方乡村,家里很穷,唯一值钱的就是那头黑母牛。这牛原来是联产承包时三家共用的,后来父亲见自家活儿重,就咬牙从银行贷了600块钱,买下了它。

牛刚来我家的时候,背脊骨高高突起,身上稀疏的毛粘在一起,一副老态龙钟、弱不禁风的样子。那天,父亲把一根牵牛绳扔在我的脚下说:"娃呀,你得好生照看牛哩,全家八口的指望都寄托在它身上。"从此,我每天一半的时间都放在了跟牛打交道上。特别是春耕农忙时,天不亮父亲就把我叫起来放牛。我揉着惺忪的睡眼,很不情愿地起床。父命难违,我只好把一腔怨气发泄在牛身上。我惩罚它的方法很简单,或把它拴在木桩上狠狠地抽几鞭子,或把它牵到水草丰茂的地方,然后把牛绳拉得紧紧的,让它够不着,用这种诱惑来折磨它。而黑牛呢,常常用不解的眼神看着我,像一个遭到非议而不知犯了啥错的孩子,可怜巴巴地摇着头。它用粗糙的舌头不停地舔着我的衣服,试图求得我的原谅。

村里的孩子永远野得可爱。一到夏天,放牛时他们就光着上身,头戴自编的花环,腰挎木头枪,一手持鞭,一手持缰,威风凛凛地骑在牛背上。他们策牛扬鞭,骑着牛像马一样在长堤上疯跑,身后扬起浓浓飞尘,那种英雄气概常常让我羡慕不已。而我虽然放牛，但还不会骑牛。有一次，我实在忍不住了，自己也学着他们的样子，如此装扮了一番，然后故作亲切地拍拍牛脖子说："黑子，黑子，快帮帮我，给咱争口气，赢了那帮黑小子。今后，我一定好好待你，让你吃得饱饱的。"它似懂非懂地望着我，低下头，让我踩上它的角，然后它头一抬，我顺势爬上它宽厚的背。就在我暗自高兴得意之际，一个小伙伴故意朝牛屁股上狠狠踹了一脚，惊得一向温顺的黑牛顿时狂奔起来。我吓得死死抱住牛脖子，说不出一句话。最后，它狂奔着冲下堤坡，"扑通"一声跳进了池塘，我和它一头栽进水里。好在我曾学过两招狗刨，能勉强浮出水面。黑牛到了水里似乎才安静了下来，它悠悠闲闲在池塘里游了两圈才上岸。我吊在牛尾巴上，浑身湿漉漉地爬上岸。

第二天早上，我立即采取了报复行动，把它系在光秃秃的石头上，没让它吃一根草。父亲知道后，狠狠地捆了我一个耳光，我捂着火辣辣的脸，越发憎恨起这头丑陋的黑家伙，恨它占去了我许多快乐时光。虽然它耕田、犁地一丝不苟，从不偷懒。

我发现，父亲非常爱它，从未碰过它一鞭子。即使是冬天，只要天晴，父亲也让我把牛牵到有竹叶的地方去吃。下雪了，牛住在暖暖的牛棚里。除了垫的、吃的都是干草外，父亲还特地放了个大木盆，把水烧热后挑进去……妈妈开玩笑说，我家的牛也在享受"高干"待遇。

转眼两年过去了，高大的黑牛长得圆滚滚圆滚滚的，毛也油光发亮起来，肚子也莫名其妙地鼓了起来。全家人由衷地高兴，以为它能生个小牛犊。在这种大好形势下，我也不敢造次，开始认认真真地放牛。可一年过去了，它的肚子却依然如故，似乎没有生小牛的意思。村里人说，这牛啊，就像个不生孩子的女人一样在骗人。我们也泄气了,唯独父亲不信。

第二年,黑牛的肚子又鼓了起来,这回倒真的生下了一头小牸牛。小牸牛长到一岁半了,健壮而有活力。相比较之下,大黑牛显得老多了,它已经12岁了,确实老了。

这时,哥哥姐姐都上了高中,我也上了初中,不仅没人放牛,我们的学费也成了一件令父亲头疼的事。有天夜里,很晚了,我看见父亲依然蹲在院子里的老树下抽烟,清亮的月光将父亲的身影拉得老长老长。

开学前,父亲终于决定卖掉大黑牛。谈好价钱后,有人来牵牛。父亲长吁短叹了许久,才将缰绳递了出去。大黑牛仿佛也意识到了什么,它不停地舔着小牸牛,低低地叫着,仿佛在做最后的话别。它一步一回头,拖着脚步,缓缓地走着,每一步都迈得十分沉重。我追上前去,它"哞哞哞"仰头大叫了三声,我看见它黑大的眼眶里蓄满了泪水……那一刻,我看见父亲重重地捂住脸,背过身去。

后来,我们兄妹在艰难中完成了学业。我也因此离开了生我养我的水乡,迁居西北。在北方,再也看不见故乡的水牛了。多年过去了,我总想起那头大黑牛,常常带着一种别样的眷恋和沉重的负罪感。

(《安康日报》1997年7月26日)

游　泳

我天生的协调性差,大学的足球、武术课考核均不过关,唯一大出风头,得满分的体育项目是游泳。

记得当时站在游泳池边,老师一遍遍地讲解要领,而我的那些北方同学还是战战兢兢不敢下水。但见到久违的水,我自告奋勇一个猛子扎下去,舒展自如地游了起来,大家先是面面相觑,然后报以热烈的掌声。说到游泳,就不能不讲我小时候的一次死里逃生的经历。

家乡多水,一到夏天,五六岁的小男孩几乎全光屁股泡在水里,就连10多岁的小女孩在河水里也能像一条小鱼一样快活地游来游去。我那时9岁了,看着周围的小伙伴神奇地从高高的土坎上,一个接一个扑通、扑通地跳进水里,一边游一边回过头,半是得意半是挑衅望得我心里痒痒的,站在岸边的我干着急。我们那儿把游泳叫凫水,为了凫水,父亲已经教了我整整两个夏天了,想了很多办法,让我双手趴在岸边,身子在水里双脚蹬水,甚至把木头洗澡盆倒扣在水里,让我双手趴在上面,充当救生圈,弟弟们都会了,我还是不行,总是浮不起来。

初秋的一天下午,天有点阴,我去放牛。当走到一条小溪边时,那头小黑牛突然挣脱缰绳,"扑通"一下跳进溪水,游向对岸。

我一下傻了眼，牛的意图我很清楚，那一大片即将成熟的晚稻正令它垂涎欲滴。溪上没有桥，得从另一端绕过去。但溪不宽，看看水也不怎么深，情急之下，我纵身一跃，想跳过去，想着万一掉下去也不碍事。祸不单行的是，我不仅没跳过去，而且水还深，一下子就淹过了我的头顶，我害怕极了，我觉得我当时大声喊了"救命"，可没人听见；我双手在水中乱抓，希望能捞到一根救命的稻草，可周围除了水什么也没有。隐隐约约我听到堤岸上传来说笑的声音，我祈求他们能发现我，救我，可很快就变成了失望，变成了我内心对他们的诅咒。我想今天在劫难逃，我可能被淹死在这么一条不知名的小溪里。可我不想死，我拼尽全身的力气，双脚使劲在水里一蹬，"嘿"，奇迹出现，我竟然平平地浮在水面上。惊魂未定，爬上岸后，我把牛使劲从稻田拽出，拴在树下，然后拢了一堆稻草把衣服烤干，回到家我也未提及此事。

第二天下午天气晴好，我牵扯着牛又走到溪边时，我脱掉衣服，朝牛屁股上踹了一脚，牛回过头狐疑地看了我一眼，我大声吆喝："下去。"我不放心地抓着牛尾巴游到了对岸，在牛吃草的时候，我又独自在溪水里游了几个来回，只要能在水上浮起来，什么仰游、踩水、潜水都不在话下。就这样，在一条差点要了我命的乡村小溪中我学会最原始、最实用的游泳。伴随在记忆深处的，还有对"救命稻草""置之死地而后生"两词刻骨铭心的理解。

学会了游泳的心情是异常激动，不自觉地要显摆一下，就像现在刚学会开车的一样。那时家里喂了好几头猪，几乎每天都要割猪草，在夏天是一件苦不堪言的事。温度高，草丛还有蚊虫，更多时候是无草可割，草要么太老，要么被晒蔫了。这样我们就有极好的借口泡在水里了，屋前一个类似水库的大堰坝，水很清，能看见很多种类的鱼在水中游来游去。夏天，坝底柔软的沙土上长满了像海带一样的水藻,是天然美味的猪食。平时父母不让我们去割,它们都生长在二三米深的水底,以前都是父亲潜水割草,我们在岸边收集。自从我也学会了游泳后,就一直想带着几个弟弟跃跃欲试。一天中午,我们偷扛着洗澡的大木盆,挑着大竹篮来到堰边,我们兄弟三人抓着澡盆游到河中央,然后憋气潜到水底,由于阳光的折射,水里的东西看起来有点微黄。我们把水藻都放到大木盆里,满了就推到岸边装篮,那时只要一天不下水,就觉得浑身无劲。一个夏天下来,我们的泳技都增长了不少。但相比村里其他小孩,我还是逊色不少。村里有条宽而长的大排渠,上面不仅有石桥,还有一座高高的泄洪闸。石桥距渠底约 3 米,闸顶距渠底约 6 米。夏天涨水的时候,小伙伴排成一排,一人喊口令,胆小的从石桥上往下跳,胆大的从闸顶朝下跳,而我有恐高症,从这两个地方都不敢跳,只好看着他们神气。大人们很少干预,他们农活都忙不过来,也没时间干涉,奇怪的是,那么多年来,也未出现溺亡事件。

后来,还有几次记忆深刻的游泳。

我高中在外地上学,学校林子后边有一条大河,是长江支流。秋冬季节,水面不宽,有船在河中央挖沙,也有川流不息的汽车在河道直接拉沙。但一到夏天,宽阔的河面上风平浪静,水下却暗流涌动,急流携着沙旋转,当地人称之为流沙。虽然河水很清澈,却很少有人横渡河面,害怕在河中央被流沙卷走,即使要游泳也是在岸边游弋。学校也加强了管理,一到夏天就如临大敌,中午和下午放学时都有老师在小树林的入口值守,既有游泳未遂被逮的,也有游泳后返校被逮的,那段时间,校园布告栏不断有白纸黑字的处分推陈出新,因游泳而受处分的学生超过了谈恋爱、打架、破坏公物的总和,遥居处分榜首。尽管我们那所初中当年有不少同学考入了这所高中,这些"好水"的死党在高一年级的时候也不敢造次。

这所高中以管理严格著称,也出过不少有名的学长。令白发苍苍的教导主任最引以为自豪的是,当时的省委副书记就是这所学校他亲手教出来的学生。

高二下学期端午节刚过去的一天中午,趁着午休,我与同桌翻过学校围墙,从另一条小道穿插到了陆水河边。我们脱掉衣服,简单活动了一下就跳进水里,感觉水还比较凉,我深呼吸了一下就快速向河对岸游去。越到河中央,河水越凉,水流也越急。已游过河面三分之二的时候,我的一条腿突然抽筋,使不上劲,心里一阵惊慌,恐怕重蹈小溪的覆辙,更害怕有流沙袭来。好在我已学会仰泳,我仰面躺着,用双手划分掌控方向朝回返,尽管这样,回到岸上时,我仍偏离方向,被水冲到了下游500米开外,同桌后来对我说,他在对岸看见这种情形还以为我遇上流沙,恐怕凶多吉少了。后来,我再也没到那条河里游泳了。

其实,我一直渴望在大海里游一次泳。第一次见到大海是在日本。和歌山县的白良海滩是一个世界著名的白沙滩,白如雪、细如盐的白沙,全是澳大利亚运过来,沙滩非常干净,有打沙滩排球的,有把身体埋在沙里进行沙浴的,也有躺在沙滩进行日光浴的。海水非常蓝,水天相接处的蓝更是动人心魄,互相融为一体了。我忘情地奔向大海,带着些许咸腥味的气息也迎面扑来。也许是盐分大的缘故,海水的浮力更大,好好过足了一把瘾。有了这次作为海的参照,后来在青岛的一个沙滩海边,我连下都没下去,岸边的漂浮物太多了。

10多年来,我游泳的机会越来越少了,有时出差的宾馆就有免费的游泳项目,但消毒水的味一下就冲淡了那种游泳的感觉。老家的堰坝和排洪渠早已废弃、干涸。真是人是物非了。

第一次穿西服

我第一次穿西服是在上初中一年级时,那年正好是改革开放的第十个年头。

我能穿上西服得归功于我爸。当时,在我们那么个偏僻的小山村,有新衣服穿已经是一件了不起的事情了,更何况是穿西服。人们觉得,穿西服的都是县城甚至是省城里的"大人物",离我们太过遥远。

我们山村里的人不但没穿过西服,就是见过西服的人也绝无仅有,只有我的父亲。在村里人的观念里,那东西太"洋气"了,套在身上怪怪的,不伦不类。父亲因为读过些书,识得些字,思想跟着报纸杂志转悠,在村里算得上是个"维新人物"。那年我又恰好考上了镇上的重点中学,所以父亲准备给我做件新衣服,确切地说是做件西服。但这毕竟是一件破天荒的事,经过家庭民主协商,父亲决定去请这一带最有名气的裁缝李婶亲自出马。

利索精干的李婶问明来意,为难地对父亲说:"老弟呀!姐姐缝了30多年衣服,经手的长袍、短褂、开襟数也数不清,可就没见过你说的这个什么西服。"父亲不死心,又仔仔细细地描述了一番,特意强调衣服后背要开衩,像燕子的尾巴一样。李婶似懂非懂地点了点头,回家琢磨了两天。然后才开始给量体裁衣,带有黑色条纹的棕色"涤卡"布料上用白粉画满。为了能让我在新学期的第一天穿上新衣服，李婶挑灯夜战，忙忙碌碌了整整两天，钉完最后一颗玻璃纽扣后，她长吁了一口气，核桃般的脸上露出了满意的微笑："来，试试吧，保管一表人才！只是不要辜负了你爸对你的一片心意。"少不更事的我第一次领悟到了这句话的全部含义和包容在西服里的某种东西，只觉得鼻子有些发酸，幼小的心灵深处有一种难以名状的感觉。

可惜的是，虽然在李婶手里费了九牛二虎之力，可仍然是一件不成功的试验品。"燕尾"太大，走起路来像蒲扇扇风般地"扑哧扑哧"；起风时高高掀起的后摆像老鹰张开的翅膀似的，左右乱晃。幸好是我穿了不到一年，在沿海工作的表哥回来，专门带给我一件崭新的正牌西服，李婶的"试验品"西装才被束之高阁，不再亮相。

如今，在人潮滚滚的都市里，各色服装应有尽有，品种繁多，不同的服装彰显着不同的个性，也勾画出一道道绚丽的风景。回到家乡，我们的父老乡亲们也都早早穿上了西装，尽管不是很平整，显得有些皱巴巴，甚至于还沾着新鲜的泥土，但他们的精神头儿十足，眉眼里都透着喜气，从骨子里开始"洋火"起来了。

（《陕西日报》1995年12月13日）

过　年

　　元旦一过,春节的脚步就近了。走在大街小巷,随手抓把空气嗅嗅,似乎也能闻到那种温馨、浓郁的年味。我至今还清楚地记得小时候在农村老家过年的情形。

　　那时觉得过年是件很快乐、很神秘的事。腊月刚到,我们就整日扳着指头盼望年的到来,似乎嫌日子过得太慢。在那物质匮乏、贫穷的年代,我们盼望年的什么呢？甚至没有一套新衣服,甚至觉得父母给的几颗硬糖也是无比的奢侈。为提防弟弟妹妹偷吃而东掖西藏;甚至有一次,我站在凳子上,隔着网兜把父亲挂在梁上的几个小而绿的苹果咬了几口,挨了父亲一记响亮的耳光,那是用来春节看外婆的。我们唯一期盼的大概是为了得到一小串鞭炮,然后在屋前屋后此起彼伏地噼噼啪啪放一通。小孩的快乐是单纯而容易满足的,过年不过是给他们的快乐锦上添花罢了。据我观察,大人的表现往往并不热烈。父亲望着我们的疯劲,曾叹口气说:"大人盼种田,小孩盼过年。"

　　与父母的平淡相比,爷爷奶奶就显得庄重了。除夕前一天晚上,奶奶对围坐火炉旁的我们交代了一堆大年三十和正月初一需要注意的事项。首先不得提及死;肉煮烂要换成肉煮发;不要打破碗,碎了要快说碎(岁)碎(岁)平安;吃鱼时,不要说翻过来,要说划过来,鱼头、鱼尾不能吃,这样才能留有鱼(余)味,年头岁尾都有吃;不要在正月初一往门外倒水,否则会折财。那天早晨,大人、小孩都要朝家抱一小捆柴,表明新年进柴(财)了……奶奶干瘪的嘴还在一抖一抖,我们兴奋得要命,每张小脸在火光的照映下通红通红的。可这些禁忌哪管用,高兴时,一不小心,不该说的话就从嘴里溜出来了。这时,爷爷往往也只能无可奈何地将我们狠狠瞪一眼,并煞有介事地在每间房里贴几张"百无禁忌"的黄纸。

日子就这么一天天地过着,年在它该来的时候总是如期而至。随着年龄的增长,又不断有新的欢乐和忧伤来填充着我,我与儿时的心情越来越远,与过年的距离越来越大。感到有许多事都比过年更重要,比如,大学毕业的那个春节,为找工作,我躺在学校阴冷的宿舍辗转反侧。比如,为调个好部门,我几乎跑断腿,又度过了一个紧张、索然寡味的春节。尤其是近几年,爷爷、奶奶相继去世。虽然过年没人再教我们禁忌,用不着"禁忌"日子也好过了,但回家就觉得冷清了许多。躺在那熟悉的小屋,我又忆起有一年春节刚用上电的情景:推上电闸的那一刹那,所有的灯泡都发出黄晕的光,那暖暖的灯光似乎连整个心房都温暖了。爷爷赶忙拾起他的旱烟袋凑到灯泡上去点烟……

又一个春节将至,我心里竟感到空洞洞的。那是一种巨大的压力与紧迫感。人生啊,如日历,过完年就少了一页。到这个年龄,到这个时候,我才懂得了父亲那时过年的心境与话语。我仿佛依稀听到除夕晚上鞭炮渐渐稀疏时,父母正在床上嘀嘀咕咕,今年收了多少粮食,明年哪块地该施什么肥,种什么庄稼……

(《西安建设报》2003年1月25日)

母亲进城

母亲的娘家在一个远离小镇的偏远小山村,离镇上有30多里路。后来,母亲又嫁到小镇另一侧的婆家山村,离小镇也有30多里路。20多年来,母亲就在两个小山村间来来往往,相夫教子,孝敬父母公婆,尽着为人女、为人妻、为人母的义务与责任。岁月如织,霜染雪漂,一直到头发都花白了,还没有正儿八经地走出过山村,进一趟城。

说起母亲进城,纯属偶然。

那年高考,我以一分之差落榜。为了我的前程,母亲毅然决定要进城去,找他10多年未曾谋面的表弟,我的远房表叔,请他想想"办法"。

那天,天还没亮,我和母亲就踏着清晨的露珠出发了。弯弯的月亮依然挂在天边,天上的星星还未隐去,我和母亲走在乡间的小道上,谁也没有说话,但彼此心里都充满了紧张。赶到车站时,太阳已经出来了,热辣的气息扑面而来,让母亲更觉得难熬。

坐在汽车最后一排,我和母亲都显得局促不安,母亲将草帽放在紧靠在一起的双膝上,双手在帽檐上轻轻地摩挲着。突然,安置在座位底下蛇皮袋里的两只鸡不安分地跳了出来,一边咯咯地叫着,一边扑闪着翅膀在车厢里乱闯。一车人的目光像箭一般落在母亲和我身上,母亲惊呼一声,脸刹那间变得通红,急忙站起去追赶淘气的鸡。好在鸡腿是被缚住的,鸡蹦跶不了多远,逮起来还不大费劲。鸡是逮住了,可母亲却不敢把鸡再放在座位底下了。她想把鸡放膝盖上,低着头,好像得罪了谁似的,直到下车。

到了城里,人来人往,车水马龙,热闹非凡。母亲站在路边,看着川流不息的汽车,不知如何是好。在我的一再催促下,母亲勉强鼓起勇气迈步向前,可她一看见远处有汽车驶来就慌忙停下脚步,急得司机直按喇叭。好不容易找到了地方,我和母亲都大汗淋漓,母亲的衣服都被汗水打湿了。

母亲找了个阴凉的地方,拿出手帕,细心地擦去我脸上的汗。然后,她摸摸索索从口袋里掏出半截梳子,将自己的头发梳理整齐。休息了片刻后,母亲像是下了很大决心似的对我说:"可以了吗?咱进去吧?"我呆望了母亲半晌,不知该怎么回答。母亲看我没有回答,突然宽厚地一笑,安慰我说:"没事的,我和你表叔就是叙叙旧。"看着她故作轻松的样子,我心里像打翻了五味瓶一般,百感交集。

在表叔家,母亲窘得连手脚都不知往哪儿放,一会儿看看天花板,一会儿看看自己的脚尖。好在表婶是个开朗的女人,多少替母亲解了不少围。吃饭时,母亲更不习惯,碗又小又轻,捧在手里像酒盅,几碗也顶不上家里的一碗。菜虽然花样多,但都只盖住了碗底。尤其是他们把吃剩的东西吐在桌上,让母亲不知道如何是好,我看见她嘴里的鱼骨头含了半天,吐也不好,咽也不好,最后还是皱着眉头吞了下去。我觉得母亲在受罪,在替我受罪。

事情当然没有办成。我复读了一年,考上了大学。在城里工作后,我常邀母亲来城里住。可母亲总是笑笑:"哎,城里啊!我真住不惯。"

(《陕西日报》1997 年 8 月 29 日)

"炒"出来的爱情

大三暑假的时候,我在南郊租了间民房,雄心勃勃地准备当自由撰稿人。一天傍晚,我揉了揉写得酸痛的手,信步走上阳台。奇怪的是,对面仅隔一条马路的房子里传来一阵阵熟悉的谈笑声,接着便有几张秀丽的脸出现在阳台上。哇,我们不约而同地叫了起来,原来竟是班上的几个女孩。世界也真太狭小了,我们面对面生活了两个星期却彼此不知道。

我去拜访她们,远远就望见走廊上放着煤炉子,铝锅还冒着"滋滋"的热气。进房,有锅碗瓢盆勺等。她们热情地邀我留下吃饭,在一阵手忙脚乱中做好了面条、土豆丝。手艺令我实在不敢恭维,面条黏在一起,无味少油,与其说是土豆丝,还不如说是土豆块,又酸又咸。第二次如此,第三次亦如此。我忍不住问:"还有什么看家本领吗?"她们无奈地摇摇头。"那就瞧我的吧!""你?"她们张大了嘴,也睁大了眼。

我把买来的豆腐切成约一寸厚的小方块,青椒切成条,红辣椒切成丝,西红柿先用温开水洗净、切成瓣,青菜揪断,然后开始烧油炒菜。这是一顿丰盛的晚餐。青椒豆腐滑嫩爽口,西红柿鸡蛋味美汤鲜,红椒豆腐皮脆而辣,黄、白、红、青、绿诸色交相辉映,香气四溢。我蒸米饭时,先倒掉翻滚的米汤,封上了炉子,用文火焖熟,香味没被水汽带走,全在其中。她们连说几个"没想到"。我则在得意中显得很放肆:"你们找个像我这样的老公,准能享尽口福。"她们全在大笑中羞红了脸,最后决定把做饭重任交给我。

师妹们因在报社实习,只回来吃晚饭。每到下午5点左右,我便放下手中的笔,悠悠荡荡逛大街,挑些菜做饭。而她们每次进院,人未到,声先来,哇,好香!在赞扬声中,我更加卖力,那"嚓、嚓"的切菜声仿佛是一首悦耳动听的音乐,而烹炒时又像一位武士在得心应手地操练十八般武艺。这样约莫过了一星期,我身边多了位帮手:宁宁那时扭了脚,不能外出,她在休息之余帮我择菜,看我在炉旁热得满头大汗又给我打扇,在丝丝凉意中,我感到扑面而来的阵阵温馨。

以前我和宁宁也有过接触,在我眼里,这个长着小虎牙的女孩是充满才气的,我常被她简洁、朴实的文风所感动。短暂的时光中,我们所谈的除了写作还是写作。而这次不同,我从没想到我们能在一起待这么长,而且距离这么近。当她提出要跟我学做饭时,我满怀喜悦、"别有用心"地应允下来。日子一天天过去,可宁宁在做饭上就是没灵性。一连教了几个菜都没学会,有次切菜竟把指头切了,吓得我把勺子一扔就冲上去包扎。还把金黄的鸡蛋炒成了散发着焦味的"黑乎乎",好端端的一盘青椒豆腐辣得让人不敢下筷,在一片"义愤填膺"中,我竭力自赞、风卷残云般一扫而光,弄得第二天都不想吃饭。宁宁感激地望着我说:"这辈子都没希望把饭做好了。"我安慰她:"不会做就算了,今后找个能做的老公就不用愁了。"她狡黠地一笑。

暑假结束,我发现我已深深地爱上了这位娇小、爱哭鼻子的女孩。我为自己找了一千条爱她的理由,概括成一点:她不会做饭,需要照顾。

毕业后我大着胆子对她说:"嫁给我吧!"她娇嗔道:"嫁你有什么好处?没钱、没房,还有股迂气。"我赶忙说:"我会做饭,保证你不饿肚子。"她说:"嗯,还有条优点,可以考虑。"我终于松了口气。其实,人生就如做饭,炒来炒去的不仅有苦、辣、酸、甜诸味,也还有甜蜜的爱情。

(《西安晚报》副刊 1999 年 2 月 20 日)

卖开水的小女孩

我是一个没有多少音乐细胞的人,也不怎么偏爱音乐,唯一钟情的是贝多芬那曲悲怆、激昂的《命运交响曲》。因为它常常使我想起那些与命运抗争的人们,尤其是占据我心灵的那个卖开水的小女孩。

大约是几年前的一个夏季,我乘坐的列车在秦岭脚下的一个小站晚点了。透过车窗,我百无聊赖地看着外面陌生的世界。炙热的太阳似乎把天上的云层都要烤化了,幻化出一朵又一朵的棉花糖,飘散得到处都是,把秦岭上空点缀得白茫茫一片。孤单的钢轨在阳光的直射下发出刺眼的白光,耀得四周的小草都闭上了眼睛,无精打采地在热浪里摇摆。

尽管车上的老式风扇正在卖力地"呼呼"转动,可身上的汗却已经流不出来了,整个人被挟裹在无形的蒸笼里,热得难以名状。

这时,我突然发现了一群光着脚丫的小孩,正提着开水瓶、水壶从稀疏的村落里跑出来,很快就"包围"了列车。

"叔叔,喝杯开水吧!"一个小孩怯怯的声音在我耳边响起。我回头一看:是个五六岁的小女孩,扎着结实的马尾辫,穿着一件半旧的碎花连衣裙。小女孩眨巴着长长的睫毛说:"我妈妈说喝生水是要拉肚子的……"我忍不住笑了,无法拒绝这可爱小女孩眼里流露出的热切期盼,只好拿出茶杯。她提起一个与她年龄极不相称的大水壶,飞快地给我倒了一杯开水。不想,无意飞溅出的几滴开水洒在了我邻座的一位时髦姑娘身上。姑娘立刻夸张地尖叫起来,怒气冲冲地大喝起来:"小家伙,你……"小女孩赶紧露出整齐的小牙齿,略显"狡黠"地说:"阿姨,对不起啊!我妈妈说,大人是不跟小孩儿吵架的,对吗?"满车的人都笑了,时髦姑娘也不好意思再追究了,一场怨恨在聪明、机智的轻言软语中化解,空气也仿佛流动了起来,感觉没有那么热了。

开水一毛钱一杯。由于没有零钱,我就给了小姑娘一块钱,并告诉她不用找了,等攒了钱买个布娃娃。没想到,她却懂事地摇了摇头:"我才不呢,我要留着交学费。"我有些惊诧:"你父母没钱供你上学吗?"说到这,小女孩脸上的笑容立即滞住了,她低下头,绞着手指说:"我爸爸的腿不能走路,每天只能待在家里。我妈妈种地,打零工,挣钱给爸爸治病。所以,我要用卖开水的钱上学。"没有悲泣、没有抱怨,但眼神里透出一种坚韧。她看着我,迟疑了一下说:"叔叔,我换不开你的钱……要不,我给你唱首歌吧!"

"小么小二郎,背着书包上学堂……"清脆、悠扬的童音回荡在车厢里,小小的马尾轻轻摇晃,如一股清风让大家为之一振。车上的人纷纷拿出杯子,大声地招呼:"小姑娘,给我倒杯开水。"她大声回应着,可爱的身影如蝴蝶一般在车厢里轻盈飘动……开车铃响了,小女孩不舍地带着空空的水壶下车了,在缓缓的车轮声中,我忽然发现她的脚后跟上有一条被什么东西划破的血口子,正流着血。我不由得站起来了,拼命向站台上的小女孩大声喊道:"你的脚,你的脚……"声音淹没在"隆隆"的轰鸣声中,也不知道她听见了没有,只见她仰起脸,灿烂地笑着,轻轻地向我挥手。

不善做梦的我回到家后,却破例为小女孩做了一个美梦,我梦见：小女孩坐在屋子旁边，聚精会神地看着书，他的父亲静静地躺在竹椅上，轻轻看着她，嘴角挂着慈祥的微笑。落日的余晖把他们的脸染得通红通红……

（《消费者导报》1997年6月7日）

流浪的朋友

一日,我去报社,信手翻了翻朋友桌上的稿件,望着三首跳入眼中的诗兀自笑了。它让我想起了与其作者第一次见面时的情景。

那是一个七月的傍晚,空气中没有一丝风,只有天边尚未褪尽的晚霞在红彤彤地燃烧着。我和一位朋友沿着西安环城南路拐进了一片民宅,在三楼尽头的房间,见到一个高大白皙、穿着背心短裤的青年,他戴着眼镜,爱笑,一笑眼就只剩下一条缝,有点憨态可掬。这人就是刘峰。

刘峰大学毕业已两年了,本应派遣回老家的,却"赖"在西安没走,成了一个无城市"绿卡"、无固定职业、无省作协注册的"三无"文艺青年。他留下来的理由也许很多,但唯一"合法"的是为那份执着的文字勾当。他无法割裂跟这座城市厚重的文化渊源,更害怕回去了后将在庸俗与无奈中随遇而安。这间租居的斗室被他用帘子隔成两部分,一边是卧室兼书房,一边是锅碗瓢盆做厨房。床上摆满了书,哲学、史学、文学,新的、旧的,包罗万象。还有厚厚的《金刚经》及麻衣相术之类。闲聊中,他一会儿一本正经地给我们诵经文,一会儿又嬉皮笑脸地给我们看手相。他是个快乐活泼的人,似乎这就是生活的全部。

刘峰的屋子西晒,坐在里面能感到一阵一阵涌来的热浪。这儿没有电风扇。他说每晚洗几次澡都不顶事,受不住了就拿着书,像拉磨的驴子一样在屋里兜圈圈。工作这么久了,不但没攒下钱,有时还要家里接济，他自己也觉得挺没面子的。苦笑之后，他又一脸清高地说："牛奶会有的，面包会有的……"我说媳妇也会有的。在商品社会，他对文学的这种执着精神就像孔乙己不肯脱下自己的长衫一样。

刘峰的桌上码着整整齐齐的稿纸，我问写的什么，他说是小说。接着他就翻出另外一些写满了字的纸，很得意地念起来，还不时地瞅瞅我们的表情，无异于在别人跟前炫耀自己漂亮的老婆。我问他发了多少，他说几十万字的小说没一个变成铅字的。带我来的那位同学接过话，刘峰擅长的是散文，偶尔也弄诗。这时，刘峰满脸的英气与豪气已荡然无存，慵懒地说："当我没饭吃的时候就写诗。"他指着样报上一首新作的诗，叹了口气：不知稿费啥时到，我又该交房租了。

那晚，他还用几乎冒着热气的西瓜盛情款待了我们，吃后觉得肚里像火般灼烧，晕头晕脑地走出那间热浪逼人的小屋。

后来，刘峰的生活依然是东颠西跑加爬格子，为了生存，更为了一种创作的氛围，他更换单位比换衣服还要勤，以至于我一有他的消息就问："还在原单位吗？"如有些人见面问："离婚了吗？"一回事。当我在稳定、舒适的工作中还活得步履维艰时，就想起了刘峰是多么的不容易，然而他又是多么认真地用心在生活。尽管生活在同一座城市，但他飘无痕迹，居无定所，一年半载不见也是常事。有时头脑中浮现他那傻乎乎憨笑的模样，就想：他还能在这种流浪生活中支撑多久，他该成家了，也该干点"正经事"了。

又好长时间不见刘峰了，忽见其诗，不由感慨这世界虽大也狭小。刘峰写诗，该不是又缺钱了吧，就试着打个传呼，曰：机主欠费，停机了。看来，要是三五年没刘峰的诗了，他的生活就肯定好了。这是我的美好祝愿。

（《西电一公司报》2000年3月30日）

奏响生命的乐章

在演艺界张新怀先生不是天才,但他却是陕西有影响力的青年艺术家之一。在20余载的艺术生涯中,他的每个脚印,每串音符都流淌着艰辛的汗水。

张新怀先生1955年出身于陕西扶风的一个农民家庭,刚刚懂事就喜欢上了音乐,他至今还清楚地记得童年时挨父亲骂的情景:10岁那年,由于家里贫困买不起乐器,他就自己动手制笛子、板胡等,经常自拉自吹自唱。有天竟然在玉米地里拉了一晚板胡,父亲把板胡砸了,气愤地骂:"不务正业的东西,农民就是要好好种庄稼,你还想搞什么音乐?"可他并不气馁,背着父亲又做了一把二胡,偷偷地拉,偷偷地练。没有老师也没有谱子,他先听广播,然后凭记忆把谱子记下来。由于有这种干劲,他在1974年便以优异的成绩考上了西安音乐学院师范系,当主考老师听说他是跟广播学的音乐时不由目瞪口呆。

从那时起,张新怀便开始了自己真正的音乐生涯。尽管学的是师范专业,但他仍醉心于音乐的王国,通过师从吉喆、鲁日融等名家,遂广泛涉足作曲、指挥、编剧等领域。对他的辛勤予以回报的是,除获省、市大奖外,还在第四届"中国艺术节"上由文化部颁发的"文华奖"等,他的名字及简介也被收入多本名人大辞典里。

在孜孜不倦的艺术追求中,张新怀不抽烟不喝酒,也不事跳舞、搓麻将、打纸牌等娱乐活动。他最大的艺术成就就是不但发掘了优秀的传统秦腔和民间音乐,而且在此基础上进行了大胆创新,把戏曲音乐提高到了一个新的水准。这在全省乃至全国都产生过不小的影响。

新怀先生的器乐合奏《高原节日》曾作为陕西省广播民族乐团访日演出节目之一,并在演出期间获得了极大成功。从1978年至1995年,他先后为《巴山秀才》《狱座平冤》《姐妹皇后》《怒斩皇太子》《明殿堂》等十几部戏作曲,其中有的被中央电视台转播。他创作的《秦韵》曾获全国唯一的小型民乐作品征集演奏奖。他创作的《黄土情》获全国艺术院校创作荣誉奖,该曲被定为全国二胡十级考级必修曲目之一。他与别人合作创作的器乐合奏《乡音》获全国民族管弦乐展播二等奖,与此同时还获演奏奖。特别是在身体状况不好的情形下,他去年仍在短短的一个多月里先后组织了陕西电视台的"新年音乐会""新春戏曲晚会""春节晚会"等三台大型节目,并担任这些节目的编导和指挥。其中"新春戏曲晚会"还被中央电视台在春节期间向全国播放。他虽然在这段时间几次累倒,但在医院打吊针时仍不忘"遥控"演员排练。可以这样说,哪里有省艺校的演出,哪里有较重大的演出,哪里就有新怀先生在舞台上指挥、表演的忙碌身影。他只有在观众如雷般的掌声中才会露出满意的一笑,也许只有这时他那根时刻绷紧了的神经才能稍微放松一下。

艺术因其艰辛而倍显神圣。盛名之下,我不敢说新怀先生已达到了艺术的峰巅,因为他还年轻,还在不断努力追求与创新,谁又知道这位"痴迷"的音乐人明天又将奏响哪一曲生命之歌呢?

(《陕西农民报》1999年5月28日)

今日"梁老大"
——记著名戏曲表演艺术家吴德先生

流逝的每段岁月都会给人留下许多值得捕捉的记忆,更何况是一个世纪的结束呢。遗憾的是,在忙忙碌碌的尘嚣中,那些付出卓越才华,曾给我们以高度精神享受的人,仍以一颗超凡脱俗的心继续奋斗着。国家一级演员吴德先生就是这样的一个人。

喜欢戏曲的老陕们也许还记得50年代初那部名噪一时的《梁秋燕》。吴德先生在剧中塑造的梁老大性格十分鲜明,既有固执自私的一面,又有朴素憨厚的一面;既有深受封建思想毒害的精神痕迹,又有着眼现实生活的观点,人物形象也很丰满,表演自然、朴素,没有丝毫肤浅做作。这一点某些青年演员不妨玩味一番。当梁老大生气时,"捶胸""跺脚""拳击大腿"等这一连串动作都是吴德先生从现实中"揣摩"出来的。因此,尽管他那时只有18岁却一举赢得了"关中老汉"的美称,也奠定了他在现代艺坛上的地位。

相当一个时期,"梁老大"那丰满、质朴的艺术形象深深地扎根在很多观众的心里,而吴德先生的名字也被"梁老大"所替代,被民间的戏迷们交口谈论着。一晃近半个世纪过去了,即使以现在的眼光从演技和思想上来审视这出戏,其仍不失为经典之作,它为解除婚姻禁锢、追求婚姻自由开创了一个新的里程碑。

50年代末，吴德先生随陕演出团赴京和十三省市巡回演出。他扮演的梁老大、高志宏轰动了首都和所到省市，受到党和国家领导人周恩来等人的亲切接见。著名京剧表演艺术家梅兰芳撰文说，吴德饰演的梁老大非常深刻地把这个保守固执，有着封建思想的老农塑造出来了。著名戏剧家曹禺看了他主演的《鹰山春雷》后也给予了很高评价。共和国主席刘少奇1960年视察陕西时，特别提出要看《梁秋燕》和"梁老大"。

如果说仅靠一部戏的成功获得名声是偶然的话，那么吴德先生在50年的艺术生涯中，主演的《粮食》《中国魂》《苦菜花》《蟠桃园》《两颗铃》等深受群众喜爱的40多部戏便是对这一说法的断然否定。当他扮演《穷人恨》里的袁尚义时，台下观众为他和财主吵架的逼真表演所感动，竟一齐喊："把老财嘴上的毛给拔了！"除此以外，从80年代起，吴德先生还在银屏上频频亮相，又成为一代影视明星。《古师傅小店》还在1983年全国电视剧评比中获"金鹰奖"。他炉火纯青的艺术是与平时深入生活、积累生活分不开的。吴德有十几个笔记本，分门别类地记载着名人的格言辞令、创作体会、学习见解、天文地理知识、药方甚至卜卦手相指纹等。

今年暮春时节的一个晚上，这些情节再次加深了我们永恒的记忆。

已67岁的吴德先生身材高大、硬朗，说话和穿着都显得很随和，"关中老汉"形象仍依稀犹存。吴先生很健谈，尤其是对一些艺术，往往是一针见血地指出得失，从历史典故到古建筑中的楹联、辞赋、碑文及当地名人传记都记得清清楚楚。我们在诧异吴先生渊博知识的同时，也恍然大悟为什么魏新民老师撰文称他为"活字典"。

吴德先生说他出身于农家,深知生活艰辛,自小就养成一副耿直的性格,小时候看到军警欺压农民,他毫不犹豫地上去仗义执言。直到今天仍不以名人自居。

不知不觉中,淅淅沥沥的春雨已下了半夜。踏雨而归,我们在心中默默说,这就是吴德,这就是一代名流的风采。人们不会忘记他,他也不应该被人们所忘记。

(《陕西农民报》1999 年 5 月 14 日)

延艺云:好书受益悄无声

曾因《半边楼》而闻名全国的青年剧作家延艺云在人们眼中是个传奇式的人物。他在西北大学任教期间发表学术论文、译文40余篇,其中《试论波兰人民反法西斯抵抗运动》获1985年陕西社会科学类作品三等奖、《论苏共领导体制及其演变》获1990年陕西社会科学成果奖,还有专著多部出版。1996年他终于走出《半边楼》,肩负起陕西电视台副台长的重任。无论是事业还是工作他都干得有声有色,取得了令人羡慕的成绩。在他成功的道路上,给他影响最深的书是哪本呢?

当我来到陕西电视台开门见山地向他提出这个问题时,他笑着说:"这本书你们可能不感兴趣,用现在的眼光来看,它是一本极不时髦的书。但不管是过去、现在还是将来,其他的书都不能替代它在我心中的位置。"这本书是《资本论》。他上中学时适逢"文化大革命",没有多少可读的书,特别是文学类的书。上大学学的又是历史专业,自然比较偏爱历史、哲学类的书。他特别感兴趣的是《资本论》的序言和注释,从那里几乎可以了解整个世界的历史。但是书中的许多内容都是似懂非懂,不清楚的就用铅笔在文字下面画一道杠,直到现在,书中的杠还没画完。他说他读书的速度很慢,每次只看其中的一少部分,这样有利于知识的积累和消化,这也是从读《资本论》时培养成的。他也喜爱俄国文学,他说托尔斯泰、契诃夫的小说对社会认识很深刻,对他的创作有帮助,但谈不上影响一生,相对而言,还是《资本论》重要。

(《星期天》1997 年 7 月 19 日)

读万卷书　行万里路
——记刘昌明院士

在我校 85 周年校庆之际,我们见到了刘昌明院士。

刘昌明是中科院院士、中科院石家庄农业现代化研究所所长、博士生导师、中科院水问题联合研究中心主任,同时还兼任中科院地理研究所学术委员会副主任、中国地理学会水文专业委员会主任、中国水利学会水文专业委员会委员、国际水文科学协会中国国家委员会副主席、联合国教科文组织国际水文计划委员会中国专业委员会副主席、国际杂志《水文过程》编委、国家科技进步奖评审"自然资源"行业组评委、国家自然科学基金委员会地球科学部专家评委会委员等职。他的人生历程是一本值得好好研读的"书",在他的身上凝聚了西大人"勤奋、严谨、求实、创新"的精神。

1956 年,刘昌明从我校地理系毕业后分配到中国科学院地理研究所工作。这个当年坐着卡车求学的年轻人非常珍惜这次机会,虚心向老师和同事请教。60 年代初,他带领几名大学生来到黄土高原研究森林水文效益,并取得显著成果。以至有人不相信这是几名大学生的成绩。60 年代末到 70 年代初,他参加了我国西康铁路、西新铁路等西北地区的铁路新线勘测工作,考察了陕、甘、宁、青、新、藏等省区。在青藏高原海拔 4500 米以上实地调查洪水,取得宝贵的第一手资料。据此,他提出了新的理论——小流域洪峰流量计算方法,在7条铁路设计上推广应用,为国家节约数亿元。从70年代中期到80年代末,刘昌明参与联合国组织的国际合作考察,调查南水北调东线与中线的广大地区,他提出的南水北调时自然环境问题与水量平衡分析被工程设计采用,在国际上受到高度重视。他还在"水、环境与人"的关系及回水化系统耦合研究、"华北平原节水型农业研究"等领域取得显著成就。

近年来,刘昌明先后荣获国家级与省部级奖10多项,在国内外发表学术论文100余篇,并出版专著多部。

回到母校,刘昌明感触颇多,他告诫同学们要学好外语、计算机和语文,珍惜今天的学习条件和环境,使自己成为可造之才。最后,他衷心祝愿母校在百年校庆之际成为国内一流、国际知名的大学。

(《西北大学报》1997年10月31日)

马芳霞：与青年一起追梦

有首歌这样唱道："年少的时候爱追梦，一心只想往前飞……"其实，又岂止年少的人爱追梦啊！这位与青年一道追梦的就是一位年近半百，饱经沧桑的中年妇女。尽管她有过苦难的童年，不幸的婚姻，但在生活的底层，她一直像夸父逐日那样追赶梦中的理想。

马芳霞说："我人生得意的时间短，苦恼的时候多，无论是欢乐还是痛苦，我怕别人看笑话，从不跟人说，喜欢憋在心里。"

当我还是一名学生，在西北大学中文系的课堂上，我看到了一位奇怪的中年妇女。不管是烈日炎炎的夏天，还是滴水成冰的冬日，她总是按时赶来坐在教室前排听课。她的人缘极佳，每次都微笑着与同学打招呼，向老师问好，请教一些学习上的问题。遇上天气不好，她中午就到食堂买几个包子提到教室里，边吃边看书，下午又继续上课。听朋友讲，她叫马芳霞，她的文章写得好，还在《女友》《伴侣》《新女性》《西安晚报》等报刊上发了不少东西。我当时正为院报缺少稿件而发愁，就贸然向她约一篇稿件，她很爽快就答应了，第三天就带来了她的文章《换一种活法》，没有华丽的辞藻和豪壮的语言，完全是一种无意识的真情流露和不向命运低头的呐喊。

她是随父母从河南逃荒到合阳遭遗弃的,好心的外婆抚养了她。1966年初中毕业被招进陕西省印刷厂,这个聪明漂亮的姑娘在工厂用一颗善良的心和勤劳的双手赢得了同事和领导的信任,周围也出现了众多的追随者。她偏偏背叛了情投意合的恋人而与一位成分不好的大学生结了婚。岂不知由于这一念之差而给自己带来了心灵永久的伤害。她的那位信誓旦旦的丈夫在知识分子开始受到重用时对她说:"平时我对你好,是我原来时运不好。"后来家里出现感情危机,再后来就是离婚。这年,她得了一场大病,胆结石、胆囊炎,差点送了命。她变得刚强起来,拿起笔把心中的不愉快全写出来,撕撕写写,写写撕撕,她开始了艰难的写作生涯,1994年在陕西省印刷厂举办的"前进中的省印"广播征文中以《电脑票证与张会庆》获得一等奖,又以《无愧于人生的年轻人》获三等奖。1995年在省作协、省文学创作研究会举办的首届《拓荒》文学评选中获"宏翔杯"优秀奖。

　　她说:"我年轻的时候做过许多梦。童年梦里的我永远是个快活的小姑娘。整日跟着一群男孩子除了上学就疯跑。恋爱的梦里我活得浪漫而开心。我既想追求人生价值还想一鸣惊人。"当从前的梦一个个破灭时,她又扬起了生活的风帆。

　　自儿子1993年考上大学后,她更加羡慕大学生,便来到了西大中文系旁听。尽管考试对她不做要求,她还是把试卷要回家,认真做题以检验自己的学习程度。现西大本科的课程已学完,她还准备去听研究生的课,把以前写的一部长篇小说修改后出版。

(《陕西日报》1997年3月19日)

父亲的嗜好

凡痴书的人,原因诸多。或顶礼膜拜于书中某一人物,以某一言一行作为准则;或沉醉于其中一个情节而不能自已;或被书中的悲剧气氛所笼罩,心底被深深冻结了;或为高屋建瓴的哲理所倾倒,有茅塞顿开之悟……在书的魅力中,父亲所表现出的不能自拔对我来说简直是个谜。

父亲痴书正如他不喝酒、不抽烟、不玩牌一样在村里有名,父亲因迷书而闹了不少笑话,也因迷书而挨了母亲不少"骂"。

父亲虽然只小学毕业,读书的范围却广。天文、地理、历史、哲学……只要没外文和数学符号的书他都找来读,有时竟连一片纸也不放过。由于家里活儿忙,父亲读书只能是"忙里偷闲""见缝插针"。三顿饭前、夏天的中午、冬天的夜晚,都是父亲读书的大好时光。每次吃饭,父亲总是最后一个上桌,有时还须母亲大声喊:"'老书生',吃饭了。"有次母亲忍无可忍,在吃晚饭的时候,叫我们不要惊动父亲。父亲看了一阵书,大概是肚子饥饿或是觉得情形不对头,破天荒地来到厨房,一看冷冷清清就说:"还没到吃饭时间。"又朝房里走,母亲说:"你明天去问问校长,看能不能收留你这个学生?"父亲重重地叹了口气:"哎,还是等到下辈子吧!"这声叹息叹出了父亲的沧桑与无奈,家庭和历史的原因破灭了父亲求学的美梦。

父亲是家里三代单传,其上有三个姐姐,与大姐即我大姑年龄相差20余岁,既是家里唯一的男孩,又是老小,按常理应是"宠爱"于一身,可事实不然。父亲5岁那年,爷爷带着双目失明的曾祖母及一家人,驾着一叶小舟,沿着洞庭湖北上,从湖南流落至与湖北接壤的一个贫穷、偏僻的小山村。那时的家产除了那条小船就是唯一随身携带的一个破包袱,里面裹着几件破衣服。爷爷借了把砍柴刀,砍掉了一块荒地的荆棘,把土平整了一下,搭了三间草屋,把家安了下来,直到我出生后才逐渐换成了土砖瓦房。

那个年代,由于大家都吃不饱饭,小村突然来了一大家"分食"的外乡人,这家人的处境可想而知。开始几年,爷爷捕点鱼,几个姑姑挖野菜、拾稻穗、剥榔树皮,奶奶领着曾祖母和父亲有时到其他村子去乞讨,不至于饿死。后来,爷爷奶奶的善良、纯朴慢慢被村里接纳,开始在生产队劳动挣工分。但家里七张嘴,仅有三个人能干活,忍饥挨饿是常有的事,二姑、三姑经常带着父亲到湖边捡捕鱼人扔掉的小鱼、死鱼,白水一煮,放点盐就是一顿饭。我工作后回村,还有老人跟我讲,"那时你家真可怜,大冬天的,你爸还是单裤,光脚跐着一双露脚的布鞋,两条老长的鼻涕挂在嘴边……"

因爷爷破落地主的身份,就家里这一贫如洗的光景,在划成分时仍在富农行列。这个身份问题就像一座大山一样压在父亲身上,尽管父亲聪明好学,也只能上到高小就毕业了。后来,他的同龄人有的被推荐到卫校、到师范、到工厂,有的成了医生、教师,甚至还有一位后来成了省委副书记。一心想跳出农门、改变命运的父亲就这样一次次丧失了机会,真是应了那句"心比天高、命比纸薄"的话。

熟悉这段家庭历史后,我也就明白了我们的父母为什么不像村里其他父母那样对孩子的学习顺其自然,而是咬紧牙关借钱让我们上学,"逼着"我们上学。也明白了父亲为什么逮住一切机会、一切时间不放过铅字印刷的只言片语。

山里人冬天睡觉早,那时还没电灯,父亲坐在火炉旁,就着那盏煤油灯有滋有味地看着书。鼻孔很急促地呼吸,张大的嘴有时还"啧"一下。父亲还有一种习惯,就是喜欢在洗脚的时候读书,双手举着书,让双脚在温水中自由活动。可他经常忘了在洗脚,有次冬天母亲起夜时还发现父亲的脚泡在早已凉了的水中,自然又挨了母亲一顿臭骂。

在我的记忆里,从小学到中学的语文课本第一个读完的不是我而是父亲。每次的课本我都害怕拿回家,书没看完,父亲干活也不安心。他找"种种借口"不时地溜进家。不管手上是泥还是汗,看到书就"噼噼啪啪"地翻开了,看着书上的黑指印,我在一旁"敢怒而不敢言"。次数多了,母亲就在地里发火:"娃他爸,你是在喝水还是在买水?"为了不惹母亲不高兴,我只好把书偷偷藏起来。逢年过节的时候,母亲最不愿跟父亲一块到外婆家去。30多里的长路为父亲创造了看书的极佳条件,父亲不是拿本书慢吞吞地边走边看,就是专捡别人扔在路边的书、纸看。因此父亲"老先生"的绰号在外婆家也传开了。父亲还是家里唯一享有在厕所看书专利的人,从厕所出来的时候,妹妹往往捏着鼻子,喊:"呀,臭死人了。"

现在家里的条件稍有好转,能用上电,父亲也过了知天命之年。可父亲看书的痴心还是不改,他经常抱怨道:"现在视力越来越不行了,在灯下看书上的字就如蝌蚪一样在眼前跳。"父亲还说要到我工作的城里来看看当地最大的图书馆,回家探亲也不必买东西,只给他捎两本书就够了。

"吾生有涯,而知无涯。"在求学的道路上父亲永远是我的榜样。

(《陕西日报》1996 年 12 月 20 日)

二　弟

二弟仅比我小一岁，但已有着六年悠久历史的"农龄"。

二弟15岁初中毕业后，由于家庭负担过重，只好放弃心爱的课本，在外市一家装潢公司干临时工，好歹也算半个城里人。可一年之后，二弟便坚决要回家务农。他说，城里虽活儿轻，也被村里人瞧得起，但工资太少，他要赚钱供兄妹读书……父亲长长叹了口气，二弟曾写信说他经常在梦中上学，还当了作家哩！

从此，16岁的二弟便和父亲支撑着这个贫穷的家，供我们兄妹三人上学。

二弟干活很卖力，不管天晴还是下雨，他从不需人叫，总是第一个起床，先挑满一大缸水，然后下地。我很难把眼前黑瘦黑瘦的二弟与他昔日白胖的模样联系起来，母亲还偷偷地告诉我，二弟在双忙季节空着肚在高温下忙了一天，晚上背粮袋时，腿一软晕倒在田里。从那时起，二弟的腰每逢变天就隐隐作痛，母亲为此没少流泪，儿女都是心头的肉啊！

有人曾对二弟开玩笑说："你兄妹三个读书，让你一个人在家干活供着，你不亏吗？"二弟也幽默地说："劳心者治人，劳力者治于人。我没文化，多吃点苦头是应该的，只要我的兄妹今后活得轻松就好。我的钱存在他们身上，利息高着呢！"二弟啊，这笔债我们今生今世怎能偿还清？金钱有价，青春、亲情却是无价呀！为了我们，你置自己的终身大事不顾，有好心人给你介绍对象，你总以家贫为由谢绝。

去年家乡发大水，我在千里之外的西安上学，丝毫不知消息。二弟每每来信，总报万事平安。还劝我好好学习，不要惦记着家里，不要过度节省。那时的生活费全是二弟摸鱼、逮黄鳝换来的。为此，他长期泡在水中的双腿肿得胖胖的，真担心一指戳去会迸出水来。二弟笑着说没事、没事，小灾小痛算不了啥。

今年春节刚过，二弟便和父亲商量说要去厦门打工。临行前，我俩彻夜长谈，想二弟就要到远离亲人的地方卖苦力，他在家累得腰都伸不直，还有该死的胃病，在外风餐露宿，饥饱无度，他瘦弱的身体能挺住么？因此很是心酸。他倒安慰我："哥，你快大学毕业了，再过三年妹也该上大学了，那时你再帮我吧……"

我不知说什么好，一行热泪顺着脸颊悄悄往下流。

（《陕西日报》1996年6月26日）

奶奶与母亲

转眼一年又过去了许多天,北方的春天似乎来得晚些,春的气息在三月的不觉中扑面而来,草地的迎春花在柔软的藤条上绽放,房前屋后的几株桃树上也有了粉色的花蕾。三月是女人的世界。每年三月的这个时候我就会忆及生命深处的两个女人。

奶 奶

奶奶姓周名辞秀,已于20年前逝世,如果活到现在也是百岁老人了。奶奶是一位善良而命苦的女人,原本出身大家闺秀,识字不多但缠过脚,比爷爷大三岁,爷爷当时也是大户人家的少爷,自嫁给爷爷后一心一意为这个家操劳了一辈子,奉献了一辈子,也为他人着想了一辈子。自打我记事起就是奶奶踮着小脚,起早贪黑做饭、洗衣、喂猪、打柴、提水的忙碌身影,一家八口人的生活在奶奶的操持下有声有色,在我眼里奶奶始终都是平和的,没见过她生气。难道她就没有苦,没有怨吗?一切都藏在心里,那颗心该是多大啊!去年,80岁的大姑去世了,我见大姑的遗容活脱脱就是当年奶奶的模样,悲从心来,想起许多往事,至今仍觉得奶奶是中国千千万万个勤苦母亲的写照,也是中国千千万万个豁达乐观、忍辱负重母亲的写照。

战乱和饥荒摧毁了奶奶的娘家和爷爷的家,奶奶与爷爷带着双目失明年近古稀的太奶奶和我三个姑及不到十岁的父亲,从湖南沿路乞讨,逃荒来到与两湖交界的一个小山村,搭了三间茅屋,把家从此安在这里。由于父母要在生产队早出晚归挣工分,我一岁后就跟爷爷、奶奶睡在一起,直到上小学,几个弟弟也是如此。除非下大雨或下大雪,我们白天才能在家里见到父母,平时他们晚上回来我们兄弟已睡,早上去劳动我们还未起床,尽管如此还年年超支。这种光景持续到田产承包到户才算好转。也就是从那时起,奶奶领着我们割猪草、挖野菜、采竹笋,教我们种土豆、红薯,栽辣椒苗、豇豆苗和茄子苗,因此我们从小就认识许多蔬菜和野菜,这全是奶奶的功劳。

在奶奶的操持下,我们家菜园瓜果蔬菜满园,四季常绿,村里人非常羡慕,奶奶也常常摘些蔬菜送给村里人,以一种朴素的心态感恩村民当初收留我家。其实,奶奶还有许多绝活。在奶奶的小房子里摆了十几个坛坛罐罐,里面是各种腌菜和泡菜,有萝卜叶子酸菜、雪里蕻、剁椒、辣萝卜、洋姜、豆豉、咸鸭蛋,蛇皮袋里还有许多干菜,什么干豆角、干竹笋、干萝卜片、干鱼、豆腐干,在厨房横梁上则挂满了腊肉、腊鱼,这些都是奶奶做的。冬天是我们最幸福的日子,也是奶奶最忙碌的日子。那时天气似乎很冷,早晨起床往往见屋檐下挂着长长的冰溜子,有时水缸里的水也结着冰,但这些丝毫不影响奶奶为我们准备过冬零食的热情,她将那件穿了多少年的黑棉袄用绳子在身上绑得紧紧的,然后开始了一天的劳作。白天煮红薯,将熟红薯摊成薄薄的薯片,晒干后剪成菱形,晚上或用油炸或用沙炒;油炸蚕豆则要先用温水泡胀,剪一个口子,沥干水后进行,还将糯米蒸熟后做锅巴。最后是熬米糖,最难做。米与麦芽磨成浆后在大铁锅里熬,除了火候,还要不停搅拌,这个活儿往往是奶奶边烧火边给母亲做技术指导,费力费时,得一整晚,婆媳二人就在家长里短的唠叨中完成了。这样,冬天家里又多了几个坛坛罐罐,我们小孩子就像过冬的熊一样守护着这些美食。

奶奶还做得一手好饭菜,我很小就给奶奶打下手,上小学四年级后就开始独立做饭,这种习惯一直保持到现在,既是劳动,也是调剂;既是艺术,也是享受。当时我家是土灶,尤其下雨后,柴上潮或被淋湿,生火就像放烟幕弹,奶奶本来眼睛不好,这种情况更是雪上加霜。那时蚂蚁也多,小蚂蚁平时藏在土灶的缝隙里,受热就爬出来。奶奶视力不好,往往夏天煮的米饭就有蚂蚁,后来奶奶就退居二线给我打下手了。多亏有奶奶,那时物质尽管不丰富但我家的饮食很少重样,自家做的零食也比别人的多,更让我引以为自豪的是,中学住校每周我带的菜都被舍友一抢而光。这些给我们有滋有味的童年增添了不少亮色。

奶奶不仅教我们劳动,更教我们做人。与奶奶的温和相比,爷爷脾气躁,爱生气,对我们也严厉。而奶奶往往是处处维护爷爷,照顾爷爷,用鸡蛋给爷爷换酒喝,做了鱼肉也是单独盛给爷爷,爷爷生病又端药倒水。她经常给我们说,人都有老的那一天,你们还年轻,好日子在后头。她还说,不贪小便宜,吃亏是福。她也说,在外要多帮人,一个篱笆还三个桩。也许是有那些苦难的经历,奶奶对上门乞讨的人,对在村里帮工的人,对安徽、河南一带逃难来的人都很大方,倾其所有,不仅给吃的,还留住。奶奶的善良无时无刻不在影响着我们。

奶奶自从腿摔了后身体就每况愈下。那是一个夏天的晚上,母亲在稻田割谷很晚还没回来,奶奶有些担心,在此之前也是晚上,母亲在收割的时候被蛇咬了一口,差点要了命。奶奶踮着小脚,打着手电去找我妈。母亲回来后问奶奶呢,我说不是接你去了吗?我和母亲沿着小道边走边喊,在一条干涸的水渠底下传来奶奶微弱的声音。原来,奶奶摔到水渠里了,幸亏没水,但一条腿摔折了。在床上躺了一个多月后,奶奶又挣扎着干活了,从此走路一跛一跛的。

我从来没想到我还能写点东西,大二寒假回家时我将发表的第一篇习作带回来告诉奶奶这是我写的文章,奶奶高兴得合不拢嘴,比我当初考上大学还高兴。当时爷爷已经重病卧床,听力障碍也严重。奶奶又把我拉到爷爷床边,大声说我回来了,还发表了文章。这年过完春节爷爷就去世了,一年后奶奶也走了。如果有阴间,奶奶在那边肯定会好好照顾爷爷的,只是我不希望奶奶像在人间那么累。奶奶的一生是苦难的一生,从家道殷实的闺秀颠沛流离到异乡,从家徒四壁到儿孙满堂红砖瓦房,她付出了许多,享受的却是劳累和惊吓。那时往往外面下大雨家里下小雨,往往长江一涨水我家就得朝高处转移。她的这一生很少走出这个小山村,也没见过彩电、冰箱,却憧憬着楼上楼下电灯电话,对梨、苹果、柿子、红枣和茶叶有着独特的喜欢,却难得吃上几口喝上几口。而这些我们现在都不缺,我常常想,要是奶奶活到现在该多好啊!

母　亲

母亲秉承了奶奶善良、宽厚、坚强的品格。小时候,父母在我眼里总是披星戴月的忙碌身影,稍大后我又是带着一肚子怨气在寒暑假与父母在一起闷头干农活,似乎一直隔着什么,这也难怪,毕竟从小与爷爷奶奶待的时间长。真正理解母亲是我也为人父后。

妻子怀孕一段时间后,反应特别强烈,恰恰我又工作调动,刚刚到新单位,不仅要适应新的环境也要学习新的内容,压力很大。我试着与母亲商量能否过来照看一下,我知道母亲也面临着许多困难,家里刚刚盖了新房还要收拾,地里的活儿还要干,牲畜还要喂养,这些在别人眼里芝麻大的事,对一个在土地上劳作了一生的农民来说都是大事。也许是抱孙心切,也许觉得"亏欠"了我们,我们当时结婚因岳父岳母开明没有要彩礼,家具和婚礼、酒席也是我们自己张罗,没有要家里补贴,同时还照顾了在西安上学的妹妹,母亲满口答应很快就来了。但唯一放心不下的是把父亲一个人留在老家,父亲不会洗衣,不会做饭,几十年来母亲一直是他的主心骨。其实,当时那些看似十分充足的理由,只不过是我们强求罢了。对于父母,在我们成家后所有要求都是分外的,但父母在任何时候都不会丢弃那份牵挂。

那段时间,母亲在我这儿断断续续待了两年多,在孩子出生前,倒还轻松,看看书或到附近公园转转,气色也明显好多了,妻子又给她买了新衣裳,做了头发,与城里人差异也不大,其实当时母亲年龄并不大,也就50多岁,只不过长期的劳累使她过早衰老了。母亲年轻的时候与父亲一起扛麻袋、挑稻谷都在百斤以上,用现在的话说是地地道道的女汉子。我无法想象母亲瘦弱的身躯哪来那么大的力气,在我的记忆里母亲应该是柔弱漂亮的,村里人都这么说。小时候,我跟母亲回娘家,外婆因母亲受累多次叹气、流泪。我后来才明白原因,母亲出生在一个破落地主家庭,说是地主并非有多少田地和长工,也并非欺压了什么人,只不过是省吃俭用多置几亩地而已,况且外公仅仅是个写字画画的私塾先生而已。真正受牵连遭批斗的根源是我外公的大哥曾是国民党军队的高级文员,还被胁裹到了台湾,这在当时是大事。在"地主""海外通敌"两顶帽子之下,活泼开朗、成绩优秀、能歌善舞的母亲只好上到高小被迫退学,后又嫁给了同样出身,家里状况更差的我父亲,当母亲的哪有不伤心的呢?外婆的难过也在情理之中。

分田到户后,母亲把自己的才干发挥到了极致。在我的印象里母亲似乎中午没有休息过,就是现在也没有午休的习惯。在酷热的夏天,中午人是最容易犯困的,更不用说对早晨5点不到就起床干活,晚上半夜才休息的父母。记得有几年我家的水稻田总数超过了50亩,是名副其实的"地主"。但没有"长工",因要赶季节,在插秧和水稻收割的时候最急人了,干活的主力是父母,帮手是表哥表姐和放学后的我们。即使这样,母亲夏天的中午多数时候也是"忙里偷闲",伴随着蝉的声声聒噪搓洗一家人的衣服,因为南方农村天天得洗澡,否则晚上根本无法入睡。要么是在她从前在水渠开垦的荒地里拾绿豆、打芝麻,或者在菜园摘辣椒、黄瓜,这时叶子晒蔫了,菜往往更容易找见。或者与奶奶一起做腌菜,已尽得真传,当时给我带孩子时也不忘买回几个坛腌酸菜、做剁椒,因我身体原因,妻子不让吃腌制品而作罢,但由于儿子特别喜欢吃他奶奶做的豆豉而在这一点上我家达成一致。总之,母亲是个闲不下来的人。

母亲与我们共同生活的那几年虽然时间很短,但她的忙碌与幸福、充实同在。儿子出生后,母亲"升级"当奶奶,她很快进行了角色转换,对这个长孙甚是溺爱,什么猪肝粥、虾仁粥、鸡蛋羹、马面鱼,只要能想到的都一股脑儿做给他吃,以至好几次都积食了。也许吃得太多,吃腻了,儿子现在不吃鱼虾,不吃鸡蛋。母亲尽管腰疼,还是抱着、推着孙子到公园晒太阳,骑小车车、坐旋转木马、划船,只要孙子喜欢她就高兴。我曾多次对她说,让孩子多走走,不要惯着他,动不动就背着、抱着。儿子也会察言观色,我们在一起还好点,单独行动就"欺负"奶奶,没走几步就喊叫:"奶奶抱抱,奶奶抱抱。"对孙子,母亲把耐心也发挥到了极致,从儿子几个月大开始,定时用录音机放儿歌、放英文字母的读音,告诉他公园里花草的名字,广告牌、公交站牌字的读音,教他数数,玩玩具,因此,儿子识字很早,不到两岁就能看简单的童话书,这里也有母亲很大的一份功劳。儿子早早就识字让母亲很骄傲和自豪,这一老一小等公交或在超市买东西的时候,儿子就大声给他奶奶读所见到的字,往往引起旁人惊喜的目光,有的还过来打听孩子的年龄和教育方式,这让母亲很"长脸"。

这段时间是我与母亲交流最多的时间。我自上初中就寄宿,放假后要干的农活多,没时间也没心情交谈,因此母亲常说我是"闷葫芦"。这次她因孙子又说起了我小时候的许多顽劣之事,我出生后的两个多月,在夜晚哭闹不睡觉,要她抱着在房间转着圈哄才安静。她笑着逗我儿子"你比你爸乖多了",还说我小时候在菜地里的南瓜上钻洞,有次偷着下河摸鱼差点淹死,有几次还与小孩打架。要不是母亲讲出来,我从来不知道自己还有这么多的"光辉"往事。就在孙子与奶奶的感情与日俱增的时候,母亲不得不回老家,父亲一个人实在难以招架了,几乎给我母亲两天一个电话。走的时候,母亲哭了,一再嘱咐我们关于孩子注意的事项。我让妻子带儿子先去了公园。儿子还在叫着"奶奶、奶奶",我骗他说奶奶一会儿就来。我把母亲送到列车上后,母亲出神地看着一个与儿子年龄相仿的小男孩在车厢跑来跑去,自言自语:"沃沃(儿子小名)今晚不见奶奶又要哭啊!"

　　一晃儿子已10多岁了,他可能已不记得自己很小时候的往事,就如我当初一样。但见证了儿子的成长,我也就愈发觉得当母亲的不容易。这期间,母亲又带大了两个孙子,腰椎间盘突出也更严重了,背也完全直不起来了,走路非常缓慢,就这样,她还在家与父亲一起开垦了10多亩荒地植树,开始了"二次创业",她说这是他们养老和孙子上学的"绿色银行"。这也许就是大多数农村母亲的命,在她们的字典里就没有"退休"二字,她们永远生在这块土地上,活在这块土地上,埋在这块土地上。

冯教授

我在大学读书时,给我们教写作课的是刚从部队转业回来的冯教授。据说在去部队前冯教授已在母校执教了10年,还跟那位全国响当当的作家平凹先生是同乡、同窗。

第一次见到冯教授,他看上去只有40岁,宽额、方脸、高大的身材和有些发白的头发,军人的气质在他身上还没完全褪掉:系得严严的风纪扣,挺得笔直、笔直的腰,走起路来腿抬得高,手也摆得特别起劲。

冯教授的课讲得很实在:整板、整板的字擦了又写、写了又擦。在大学,许多教授很少在黑板上写字,甚至连讲稿也不带,来去匆匆也。这并不影响他们的声誉,好像还是一种时髦。冯教授不是这样。他来得早,去得晚,每次备课都当作论文来完成,以至有的同学听完后还觉得意犹未尽,要拿去复印,再研读。也有人劝他把讲义整理一下,出本专著什么的,他笑笑而已。老师批改作业明察秋毫,标点符号、错别字,一个也别想溜。那几百字的批语读之更是令人耳酣眼热,记得一位老兄的大作上有这样一段话:"你的经历是复杂的,你的生活是清贫的,你可知这是你成功的宝贵财富……"可我们那时对写作都畏惧如虎,做作业像挤牙膏,每次都有种掏空了的感觉。老师这时便谈起了平凹,说平凹当年的基础还不如我们,但他之所以成为大作家靠的是勤奋,平凹走到哪里就写到哪里,火柴盒、香烟纸上写得密密麻麻。他朝外投了多少稿,又遭多少次退稿,谁也说不清,平凹有次在稿后无奈地附言:"如不用,请勿退稿。"

冯教授尽管多次提及平凹,但每次都很平静。他说当年他们读书时因瘦,平凹叫"瘦猴",他叫"排骨"。平凹每天晚上都要构思文章,尤其是夏天,平凹没有蚊帐,直到深夜还能听见他的床"吱吱"地响;平凹每完成一篇文章都要去校外喝一碗五分钱的胡辣汤……他说平凹有次和父亲卖猪时,猪在半路屙了一次,急得平凹一个劲地踢猪屁股,因为屙的次数多了就不够斤两,家里的柴米油盐就没着落……

冯教授人很随和。也许是受的苦难多了,也许是见的世面大了,对于一些别人看不通的事他很宽容。他说林子大了,什么鸟儿都有。他曾笑着说:"爷爷讲师,孙子教授是很正常的事,青出于蓝而胜于蓝,否则我们就只能在原地'一二一'。"在课堂上我们是师生,在他家里我们是好朋友,一块抽烟,一块喝酒,一起对别人的文章评头品足。他说,你们跟着我不仅是做学问,更重要的是做人,不必迷信权威,大狗是叫,小狗也是叫,只有一齐叫我们这个世界才不寂寞。

冯教授和平凹先生一样,也是个玩石头的人。他家客厅沙发的靠背上满是诸色诸态的石头,如珍珠、如玛瑙、如头骨,似跳舞、似泼墨、似沉思……老师曾指着一个根雕问我像什么,我看了半天说是鸵鸟,他说是狗。并一一道出鼻子、耳朵、尾巴。还说这狗是在夏天,我觉得玄。他指了一下说是伸出的舌头,仔细一看,还真有那么回事。遇上节假日,他就和平凹一块去河边、深山寻找石头,有时为了一块石头的归属还争得面红耳赤,真是童心未泯。虽然他和平凹的关系铁得很,也出过几本书,但没有平凹的题词和序跋,真是不知包装。

冯教授感到很满意的是家庭。师母虽来自农村,也并非科班出身,但热情贤惠,对老师的事业全力以赴。老师上大学前就结了婚,婚后几十年如一日,琴瑟和谐。老师在部队时,难得回家一次,一到腊月,师母就天天望着城里来的班车发呆,平凹为此动情地写过一首望夫诗。两个儿子,一个在银行,一个在杂志社,闲时都操诗弄文,在四周也有些名气。但老师不满足,他遗憾自己没成为有名作家,把全部的热情和希望都寄托在下一代身上。晚上,他家没有喧哗之声,未闻麻将之音,父子三人,趴在三张桌上,前面是书笔稿纸,只有师母在拖地、洗碗。

(《西安建设报》1997年12月15日)

补记:因要出书,今年春节我翻看这篇20年前的文章时不禁感慨万千,不觉中先生去世已五个年头了,但先生的音容笑貌及我们交往的往事仍历历在目。参加工作后,每年春节前后都要回母校西北大学看望先生,待上一天半天的,我们谈天说地,家里家外总有说不完的话,我时常把这里当作避风港,困了、乏了、烦了就来歇歇脚,每次总神情愉悦,心情豁然开朗。

如今,我已到了初识先生时先生的年龄了,只是记忆犹存,先生已逝。先生的病我是知道的,只是没想到走得这么快。因化疗,他的满头黑发先是变白,尔后是全部脱落,人也明显消瘦,但精神很好,很乐观,这是当年春节我见到的情景。我们吃完师母做的午饭后，他照例送我到楼门口，一再叮嘱我要注意身体，这些都成了最后的永别。冯弢弟给我说，先生在弥留之际异常清醒，对自己的后事安排也井井有条，丧事从简，学生只通知我参加，他还指定了酒店，特意交代要招待参加追悼会的亲朋好友。

这一如以往先生的风格，将生死名利看得很淡、很淡，将情谊看得极重、极重。

狂士刘炜评

不知怎的,想到刘炜评脑海中就猛地涌现"狂士"二字,且是魏晋时代的狂士。

刘炜评是我大学的老师,彼时叫刘卫平,教授我们先秦文学,商州人,秦头楚尾,故北人南相,性格豪爽,肤色白净。前几天,妻子回家对我说,刘老师与20多年前变化不大,头发黑黝黝的,脸上连个皱纹也没有,你看人家50多岁的人还这样年轻,接着话锋一转,你看你……

说实话,在大学我与刘老师仅是课堂上的师生关系,课后交集并不多。他那时刚三十出头,面目清秀,头发较长,骑着那辆破自行车风一般来又风一般去,骑车的样子很优雅,脚一跐就或走或停。学生中有人开玩笑说,别的教师是踱着步子走进教室,刘老师是骑着"风轮"来给我们上课。这也难怪,那时大学老师工资低,长安米贵,居家不易,当时我去造访过的像费秉勋、温友言之类的大教授住房条件也不是很好,何况刘炜评老师这样的年轻讲师呢?后来,有同学说刘老师这样急匆匆是有原因的,在外干"私活",兼着一家发行量很好的杂志社主编,他也许没想到,20年后他会从文学院副院长职务转行去接管西大学报,当主编,谁说这不是天意呢!

尽管刘老师只给我们带了一学期课,但给我们留下了深刻的印象。他承袭了西大中文系教师的传统,上课从不带讲义,记忆力极佳,先秦文学里的名篇能字正腔圆地大段大段流利背出,引经据典信手拈来。其实,他的"看家本领"是诗、词、赋"三绝",要达到这三绝,窃以为深厚的古文功底、渊博的学识和过人的天赋缺一不可。记得那时他已是西安楹联学会副会长、陕西诗词学会副会长,因此在课堂上能有幸听到他给我们讲解一些楹联及诗词格律的常识,兴致好的时候他也即席对联、赋诗,是名副其实的青年才俊,要是没两把刷子,在高手如林的西大也不会被誉为"西大才子"。西大校歌作词及百年校庆的长赋,西汉高速通车后勒石纪念的赋词均出自其手。可惜,我们那时"稼娃"一个,如云里雾里。他还请过现在担任西安牡丹书画院院长、著名花鸟画家翟荣强先生给我们讲绘画和现场作画。先秦文学虽然是从古文纸堆里走出来的,但在刘老师的课堂上还是多姿多彩、兴趣盎然。

真正与炜评老师的接触是大学毕业后,他这段时间无论是做学问还是走仕途都顺风顺水,从副教授、教授到文学院副院长,从青年评论家到省评论家协会副主席,媒体也多有报道。我后来在一所知名的中学工作,大家也知道,这年头上一所好中学比大学要难,刘老师也深知这一点,没有给我添过麻烦,实在推托不了的,他对我说,某某一会儿向你咨询上学的事,我把你电话给他了,末了还加一句,仅作解答,勿揽活儿。有次,著名编剧、作家何丹萌先生就替侄女咨询过我学校招生政策方面的事,说是西大的刘炜评介绍的,我早知道他们是师徒关系,刘老师一直叫何先生师傅,就一时兴起说我是刘老师西大的学生。电话那头何先生快人快语:"刘炜评这小子,给我说只是个一般熟人在这儿,分明是不想给我办事呢！"这事直到现在我也没给刘老师说。只是从此以后,我再也不敢多嘴多舌了,按程序,例行公事般地完成他交代的任务。

以前没见过他喝酒,也没有机会在一起喝酒,只见过他在课后与作家班那帮"老油子"在一起吞云吐雾、胡吹乱谝。后来有次一位非常要好的高校朋友说聚一下,主要是让我陪一下我母校西大的一位教授,顺便再帮他动员一下,让这位教授在他那所高校担任兼职教授带研究生,他没说名字,我也没问。那天我去得比较晚,刚一推门进去,就见刘老师在上座坐着,朋友说给你介绍一下,我说不用了,20年前我们就认识。我因不善饮酒,两杯下去就面红耳赤,刘老师对朋友说,不要难为胡杰了,他的酒我全喝。那晚刘老师谈笑风生,兴致很高,也喝了不少酒,但面不改色,还现场吟了一首七律,当兼职教授的事也应允了,朋友也很高兴,皆大欢喜。也就是那次,我才知道他刚刚调到了学报编辑部,那是个对人学养要求极高的地方,西大学报属国家核心期刊,是很有分量的期刊。我笑着说:"不当官了?"他说,把人"难缠"的,我还是适合教书、写书、编书。再说,你李老师连副校长都毫不犹豫辞了,我这算啥!(李老师指曾教我们《唐诗美学》的李浩教授,曾任西大副校长)在我们回去的途中,他从包里掏出一本书,在车上借着灯光题了字给我。回家仔细一看,是一本厚厚的由文化艺术出版社出版的散文集《半通斋散文选》,一年后我收到了他的另一本散文集《不撒谎的作文》,由陕西人民出版社出版。这两本散文集带给我的是惊讶、是震撼。每本书都超过了30万字,行文精练,内容丰富,风格诙谐幽默,颇具魏晋风骨,属难得的小品文,颠覆了我最初对刘老师的认识,从没想到他的散文如此雅致,还谦称对散文半通半不通,是谓"半通斋主"。这也是我拜读这两本书后感慨"狂士"的由来。

说到酒后题字赠书的事,我认为刘老师就拿捏得十分到位,且看他所题"胡杰贤仲校正"。至少说明了两点:其一,刘老师当晚虽饮酒颇多,但头脑清醒,有雅量;其二,刘老师对师生关系把握准确,不逾底线,不失原则。其实,在生活和交往中,刘老师插科打诨,一副老顽童的样子。

当然,作为学生我无意于在背后妄议老师,只是前几天突然想起一些读大学时的往事,顺手记下,以资纪念。

念　想

　　20多年了,有一个地方在脑海里挥之不去,魂牵梦绕,流连忘返;20多年了,有一个地方令你骄傲,令你自豪,也令你感伤;20多年了,你无数次从那个地方经过,驻足良久却无勇气走进,是胆怯?是惊慌?还是怕惊醒那一池春梦?

　　春日,暖洋洋的一个午后,不经意间却很自然地就踏了进来,仿佛是由来已久的召唤,仿佛是心底里迸发出的呼喊,又仿佛是埋藏多年的陈酒,不饮不畅,水到渠成。

　　甬道两旁的鲜花开得正好,舒舒展展,喜气洋洋。各种熟悉的气息从角角落落扑面而来,是久违的,也是新鲜的。校门南边是2号教学楼,北边是1号教学楼,两座楼遥相呼应,默默相守。尽管两栋楼都是6层,但却永远高大。

　　驻足在2号楼前,赵俊贤先生流利的关中话犹在耳畔。老先生讲的是现当代文学,微胖的身躯在讲台上却显得轻捷灵动,他来讲课,不带片纸,空空两手,却时而指点江山,时而嬉笑怒骂,平生所学了然于胸,滔滔妙语时惊四座。一代名师风采呈现于眼前,挥之不去。2号教学楼承载了多少年轻青葱的岁月,又承载了多少老先生们的心血呀!教授古代汉语的闫琦先生不苟言笑,治学严谨;而同样是古代文学教授的韩理洲先生却风趣幽默,轻松随性。

教授周作人研究的任广田先生身材修长,谈吐平实;教授东方文学的曹汾先生举止儒雅,满腹经纶;……诸多老先生在这里激扬文字,挥斥方遒。他们不仅是西大难得的教师,也是我们这一代学生难得的人师。因此,西北大学永远值得我铭记,永远值得我尊敬与自豪。

在老校区1号楼学习时,有三位老师记忆尤为深刻。

其一是时任文学院院长的李志慧先生。李老师外形酷似当时最红的央视主持人赵忠祥,浓眉大眼,稳重而不失风度,声音雄洪富有磁性,台上一站与赵忠祥不分伯仲,并更具君子之风。李老师学问深厚,古典文学造诣高深,而且文章、书法俱佳,不时有美文见于报端,文学院院刊《惠风》二字即为先生所题,神采飞扬,金石气韵,飘洒俊美。李老师开设老庄选修课,每每上课,经史子集,信手拈来,应用自如,浑然天成;既包罗万象,又以简带繁,直指精要,使人不得不感叹中国智慧之博大精深、之至简至朴,大智若愚,引人着迷。李老师的课享誉文学院,名震西北大学,常引来许多外系学生的旁听,其中一铁杆粉丝就是经管学院会计专业的进修生,虽已年近五旬,却乐此不疲,从不落课。也许她并不能真正明白庄生梦蝶为何物,但她对先生的课着迷,为先生的风采所折服,都是真的。

其二是贾三强老师,他教授明清文学,既然是明清文学,自然少不了四大名著。20年前,他就讲《西游记》的孙悟空降妖除魔不少,可真正被打死的都是无根无基、没有"领导"关系的,而手眼通天,大有来头的妖怪都在紧要关头被解救了……听着既新颖又发人深省。贾老师知识渊博,明清文学造诣极深,却略显"羞涩",讲课之时,从不与学生对视,他或搓捻双手,或奋笔疾书,目光或穿越教室,或停于窗外,似乎从来不放在我们身上一般。我们也习以为常,或正襟危坐,或舒坦斜倚,自由自在。老师没有刻意权威,也不照本宣科、拾人牙慧，他们有自己的思想，有自己的学问，各有特色，各有绝活，各自在自己的讲台上演绎自己的精彩。

其三是冯友源先生。冯老师讲授的是写作，自己也是一位作家。许多人说，中文系是培养不出作家的，所以写作课最难教。文学写作不是辞藻罗列，也不是手法堆砌，重在心悟，只可意会，不可言传。冯老师是陕西山阳人，与贾平凹是大学同窗兼好友。为让我们学好写作，凭借私人关系，请贾平凹老师亲自为我们传授写作"秘籍"，让我们受益匪浅。冯老师大学毕业留校又离校，但终割舍不下对母校的情谊，而二次返西大任教。我们是他回校后教授的第一批学生，所以先生格外用心，经常为上好一节课而备几天课。冯老师上课从来是腰板笔直，一丝不苟，讲义写得满满当当。他始终带着谦和的微笑，生怕我们不理解。冯老师推行的是真正的赏识教育，在他眼里，每个学生都是未来的作家。一个秋风乍起的午后，我踩着校园厚厚的法国梧桐的落叶，忐忑地敲开了冯老师的门。老师正在阳台上备课，见有学生来，急忙放下笔，热情地迎了出来。师母则笑吟吟地端上热茶和水果。这是我第一次来冯老师家，温暖的气息扑面而来，让我如沐春风。后来，我成了这里的常客，一来就是20年。

冯老师仔细看了我带来的一篇习作，喜悦地说："很好、很好，有功底，一看就是下了功夫的。"这仅仅是一句肯定的话，但于我而言却是莫大的鼓励与安慰，让我重新审视了褒贬不一的"文学青年"身份，重新燃起了对文学的痴爱之焰，这火焰虽然微小，但却照亮了我求学的路，照亮了我的生活，为我的人生增添了暖色。时光在交谈中飞逝，不知不觉中天色已晚，直到好客的师母悄然端上了晚饭，我才意识到我已经坐了一个下午。不好意思吃饭，我赶紧起身告辞，但老师全家力邀，盛情难却，我怀着温暖的心情吃完了这顿难忘的晚餐。慢慢熟悉之后，到老师家里请教的同学多了起来，但冯老师从不厌烦，一如既往，谁去了都悉心指导，并热情款待。冯老师一直鼓励我们将习作向校外报刊投稿，如果有文章被刊登，他都格外高兴，在课堂上又是表扬，又是朗诵，充分予以鼓励。后来，我也有数篇文章见诸报端，但被冯老师给予好评的那篇文章至今却未发表，被我认真地珍藏起来。两年前，冯老师驾鹤西去，我永失一位虔诚的文学教授，永失一位宽厚长者，永失一位如父如兄般的亲人。

记得2号楼的北窗与西安古城墙遥遥相望。曾经，我最爱北窗，常常静坐在北窗前，远眺暮色中隐隐约约的城墙与城垛，历史与现实在一瞬间仿佛凝固与穿越，内心也变得无比平静与踏实，提起笔来，才思泉涌。在校期间发表的200多篇文章，大多是在北窗前完成的。铁打的营盘流水的兵，2号楼依旧，北窗依旧，但流年似水，物是人非，时间的脚步永不停歇。

沿着甬道继续往东，是古朴宽敞的大礼堂，礼堂往东就到了紫藤园。粗大遒劲的紫藤爬满了幽静的长廊，形成了一个天然的绿色走廊。春末夏初，一嘟噜、一嘟噜的紫藤花把长廊装点得分外典雅，整个校园都被花香熏染，沁人心脾。三三两两的学子点缀在园中的石凳上，或晨读，或看书，或默想，自然亲切，丝毫没有任何违和感。常有一位衣着简朴，身材矮小，面带微笑的老人在园中散步。起初，我误以为是退休的校工。没承想正当我结结巴巴地读英语时，老人和蔼地停了下来，流利地接了下去。他用英文向我问好，并耐心纠正我的发音，细心教给我一些英语学习方法。看着他微笑而满意地离开，我惊讶而又敬佩。回来问起其他同学，也都有过这样的经历。直至今日，我也不知道老人是"何方神圣"，但我记住了紫藤园，也记住了那位老人。

校园最东边,也是最热闹的地方,宿舍、食堂集中于此。男女生宿舍遥遥相对,却又界线分明。男生宿舍前冷冷清清,女生宿舍前熙熙攘攘,真是别样风景。宿舍门前的树还是那一棵,门楼的号码还是那个号码,只是20年前的俊男美女业已为人父、为人母。宿舍楼下的卿卿我我依然重复着昨日的故事,只有一颗渐渐老去的心,依然牵挂着这里的一切。

后记

"文章千古事，得失寸心知"说了两层意思，一是文以载道，期望自己的文章流传千古或万世是文人的梦想和追求；二是写文章确实是一件很苦的事，不仅劳心而且劳力，最为印证的要数唐朝诗人卢延让"吟安一个字，捻断数茎须"和贾岛"推敲"的佳话。因此，写文章是一件痛并快乐的事。20多年前的我也是很乐于经历这样的事的。20世纪八九十年代虽然物质和精神都不十分丰富，但文学很神圣，《人生》《平凡的世界》让人感动得热泪盈眶，同时也激发了人向上的力量。舒婷、北岛、顾城及海子的诗歌也在大街小巷广为流传。几所著名大学的中文系还办起了作家班，后来成为我母校的西北大学作家班当时就有雷抒雁、迟子建等知名作家。而报考中文系当作家也是一些有文学梦想青年的不二选择，记得当时我就因为贾平凹毕业于西北大学中文系而义无反顾地从南方到北方，荣幸地做了其系友。想想也是挺可笑的，一个农村的孩子，生长的环境及视野和阅读面，又有多少文学天赋可言。但是当时与我有一样经历，一头扎进去的"文艺青年"还不少。及至大学毕业，又扎堆地进报社、进编辑部以便继续舞文弄墨。回过头来看，这批人现大都改弦易辙了，坚守下来的更是凤毛麟角。世事沧桑，因而对以前信笔涂鸦的日子格外珍惜，对所写的那些稚嫩的文字格外珍惜，那是青春的美好回忆，是人生的小小财富。

说实话，我又是一个比较懒散的人，特别是手懒，这一点熟悉的人都知道。近20年来写得多的是公文，自己想写且写出来的文章少之又少，离曾经的梦想似乎很遥远了。今天出现在这本薄册里的零星文字是我在大学毕业前后写的，大多发表过，这次仅做个别调整和文字修改，尽量保持原味。但我儿子看过后说，时代感太强了。这次之所以"老妇新妆"也是基于这个原因，我想将我们那个时代的生活状态和生活轨迹展示给现在的一代，那是另外的一种生活，也是另外的一种快乐。这是真的，在生命的年轮快"奔五"的时候，在远离了名利的时候，往往对生活有了更深的理解。同时，我深知自己文字的幼稚和思想的浅薄，写不出什么一鸣惊人的文章，更不敢奢求济世引路，如果耽误了大家的时间我要真诚地说声"对不起"。还要衷心感谢各位师友、家人和单位领导、同事的关心和支持！感谢陕西人民出版社贺治博主任的鼓励和编辑左文老师、美编翟竞老师的辛勤付出！

今天，终于有一种如释重负的感觉了，想说的话已说，如同泼出去的水，不管好坏都无法收回，但总算对自己有个交代了。